NECROTERIUM

NECROTERIUM

COPYRIGHT © SKULL EDITORA 2022

Proibida a reprodução total ou parcial desta obra, de qualquer forma ou por qualquer meio eletrônico, mecânico, inclusive por meio de processos de fotocópia, incluindo ainda o uso de internet, sem a permissão expressa da Editora Skull (Lei n° 9.610, de 19.2.98)

Diretor Editorial: Fernando Cardoso
Projeto Gráfico: Cris Spezzaferro
Revisão: Gabrielle Barista
Arte da Capa: Ander Navarro

Dados Internacionais de Catalogação na Publicação (CIP)
Elaborada por Bibliotecária Janaina Ramos – CRB-8/9166

L732	Lima, Felipe
	Necroterium / Felipe Lima. – São Paulo: Skull, 2022.
	174p 14x21cm
	ISBN 978-65-51230-67-7
	1. Ficção. 2. Literatura brasileira. I. Lima, Felipe. II. Título.
	CDD 869.93

Índices para catálogo sistemático:
1. Ficção: Literatura brasileira

Todos os direitos reservados, incluindo os direitos de reprodução integral ou em qualquer forma.

CNPJ: 27.540.961/0001-45
Razão Social: Skull Editora Publicação e Venda de Livros
Endereço: Caixa Postal 79341
Cep: 02201-971, - Jardim Brasil, São Paulo - SP
Tel.: (11) 95885-3264
www.skulleditora.com.br/selotodoslivros

 @skulleditora
 www.amazon.com.br
 @todos.livros

*Para todos aqueles que se sentem ou
já se sentiram solitários.*

Saibam que jamais voarão sozinhos.

Somos todos membros do Clube do Corvo.

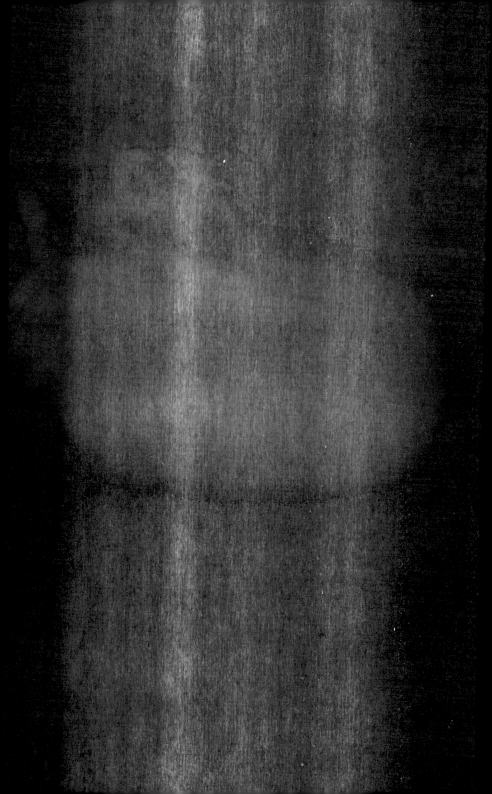

NOTAS DO AUTOR

Olá, novo membro do Clube do Corvo! :)
Como esse é provavelmente o seu primeiro contato com um dos meus projetos de escrita: **Prazer, eu sou o Felipe.**

"Necroterium" é o meu primeiro lançamento oficial como escritor, e graças ao apoio e confiança da queridíssima Editora Skull, consegui fazer com que esse exemplar chegasse em suas mãos. Imagino que assim como todo autor iniciante, estou explodindo de felicidade por esse momento. É clichê se eu disser que parece um sonho se tornando realidade?

Contudo, como autor dessa obra, também é meu dever alertar os leitores sobre possíveis gatilhos. A grande maioria dos meus projetos daqui para frente trabalharão as questões que envolvem o luto ou os traumas dos personagens, e em "Necroterium" não é diferente. Esses são alguns gatilhos presentes no livro: **luto, acidente de automóvel, morte de familiar, abandono familiar, violência física e verbal, assassinato, suicídio e automutilação e crises de ansiedade.**

O livro é altamente inspirado pelo subgênero do terror, o bom e velho *Slasher*, então vocês também podem esperar por **linguagem ofensiva, menção ao uso de drogas e bebidas alcoólicas, assim como morte de persona-

gens. Por isso, verifique a classificação indicativa antes de adquirir ou consumir a obra.

Sendo assim, caso se sinta confortável em prosseguir, eu lhe desejo uma ótima leitura. Espero que você goste de "Necroterium" e esteja ciente que pode vir comentar a sua leitura comigo, as minhas DM estarão abertas para todos, e vou amar escutar o que você tem a dizer. Você pode me encontrar na maioria das redes sociais pesquisando pelo usuário "**@by.felipelima**".

Enfim, nos vemos do outro lado!

"Necroterium" conta com uma playlist criada para deixar a experiência de leitura ainda melhor, com grande parte das músicas sendo citadas em momentos importantes do livro. Você pode encontrá-la escaneando o código abaixo pelo aplicativo *Spotify*:

PRÓLOGO

Clarisse Corvus era muito jovem em seu primeiro encontro com a morte.

Era nova demais para entender a verdadeira intenção de seu pai, August, naquele fim de tarde. Como qualquer criança em seu oitavo aniversário, tudo que a pequena pensava era sobre o brinquedo em seus braços: um ursinho de pelúcia recém ganho em sua festinha na pizzaria mais movimentada de Corvus Creek. Por muitos anos dali para frente, Clarisse se questionaria por diversas vezes: como não enxergou os olhos frios de seu pai? As mãos apertadas raivosamente contra o volante do carro? O modo grosseiro com que ele conversava com sua mãe e irmãos mais velhos?

O brinquedo estúpido a impediu de prestar a atenção nos gritos de sua mãe sobre a eminente ruína da família ou aos berros de seus irmãos, Peter e Clarke, implorando para que seu pai diminuísse a velocidade do veículo. Entretanto, o estranhamento chegou para Clarisse quando notou que já haviam adentrado os portões da propriedade da família, e mesmo assim, continuavam em alta velocidade. Sentada no meio dos dois irmãos mais velhos, os olhos da pequena brilharam ao notar que a mansão estava cada vez mais próxima, pensando sobre o quanto seria confortável dormir abraçada com o ursinho em seus braços. Esse sim seria um fim espetacular para seu aniversário, não seria? Lamento informar, caro leitor, que essa não será a doce conclusão de nossa história.

Digamos que se a mais nova estivesse atenta na conversa, saberia que o escândalo de corrupção de seu pai, o prefeito da cidade, iria levar a família à falência, e que sua mãe, chorosa ao extremo, planejava deixar o marido ao se mudar para longe com os três filhos. A queda de sua reputação somada com a perda da família levou August Corvus ao extremo, pois agora havia nele o desejo de partir dessa para uma melhor, mas não sozinho. Ele almejava morrer com toda a sua família. Por essa razão, virou bruscamente o veículo para a esquerda, para fora da estrada principal. O carro foi tomado por gritos infantis enquanto seguia em alta velocidade rumo ao lago, ao passo em que Penelope lutava pelo controle do volante. Eram suas crianças, ela não os deixaria morrer tão jovens.

Apesar de não ser o maior fã de segmentos felizes, gostaria de escrever sobre como a corajosa mulher salvou seus três filhos ao abandonar o marido suicida no interior do veículo – mas, para que isso fosse narrado, eu precisaria mentir para você. Penelope não conseguiu impedir que o carro fosse devorado pelo lago. Penelope não conseguiu salvar os filhos ao ser aprisionada pelos braços de August. Penelope não abraçou as suas crianças uma última vez.

Todavia, Peter e Clarke conseguiram salvar a pequena ao arrebentar o cinto que a prendia ao banco entre os dois. Eles foram heróicos o suficiente ao reunir forças para quebrar a janela traseira, mesmo sem ar em seus pulmões, e impulsionarem a pequena para fora daquela armadilha metálica. Clarisse estava desesperada demais para olhar para trás, então, apenas continuou mexendo seus braços em direção a superfície, ainda agarrada ao ursinho, até que seu corpinho encontrou às margens do lago. Ela acreditava profundamente que logo seus pais e irmãos surgiriam para sentarem-se ao seu lado, por isso olhava esperançosa para as águas escuras. Como um ser tão pequeno e inocente poderia cogitar que toda sua família estava morta, não é mesmo?

Por dez horas, sozinha, Clarisse Corvus esperou pelo retorno de sua família.

E por uma década, solitária, Clarisse Corvus foi assombrada por pesadelos.

PARTE 1
CORVUS

"Eles tentaram matar a sua bisa por salvar pessoas? Não faz sentido."

— Baker, Bethany. 06 de junho de 2006.

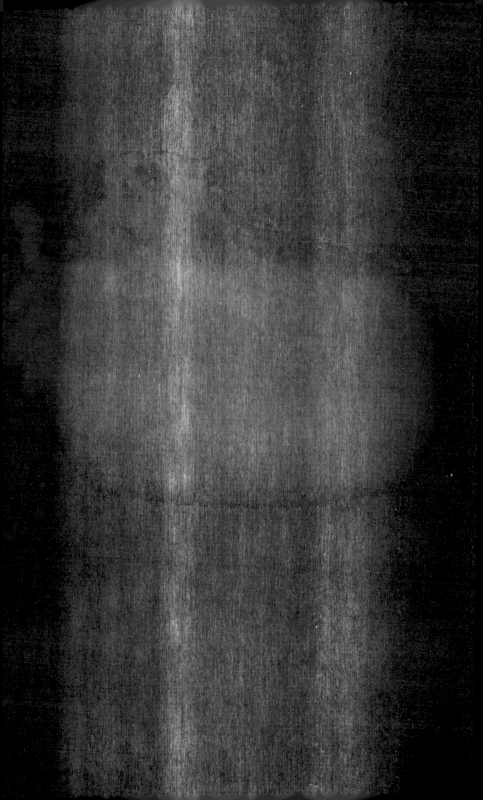

# CLARISSE CORVUS

ith the lights out, it's less dangerous. Here we are now, entertain us! Ashton continuou em sua missão de cantarolar a discografia completa do *Nirvana* durante nossa viagem para a Mansão Corvus, demonstrando com pulmão e alma como sabia cada verso de cor. Jogado no banco traseiro, com a guitarra nas cores vermelho e branco em suas mãos, aumentava cada vez mais o volume de sua voz. Como membro de uma banda famosinha na cidade, tinha nele o dever de performar como um rockstar para a sua pequena plateia: a mim e Dallas Fox, nosso motorista da rodada. Em um primeiro momento, eu não estava prestando atenção em sua bela voz, e sim focada nas árvores pelas quais passamos.

A propriedade Corvus estava há apenas trinta e sete minutos da cidade em que um dia meu pai fora prefeito, fundada por ninguém menos do que meu tataravô. Todavia, para mim, parecia levar uma eternidade nossa ida ao local. Por muitas vezes, pensei em pedir para que nosso amigo atleta desse meia volta, mas não o fiz, afinal a ideia de realizar uma festa de aniversário na mansão havia sido somente minha. Quem em sã consciência quer realizar a festa de dezoito anos próxima ao lago em que sua família morreu? Muitos não ficaram surpresos com o local escolhido, não era nenhuma surpresa que a gótica do colégio escolhesse um lugar mórbido para a sua data amaldiçoada.

"*Escolha peculiar*", muitos ressaltaram no recebimento do convite.

—Vocês vão mesmo me deixar cantar sozinho? — questionou Ash, solitário.

— Irmão, se eu abrir a boca... — imediatamente Dallas abriu a janela do motorista, já colocando sua cabeçona acastanhada para o lado de fora. Não demorou para que o inglês voltasse para sua posição original de foco na estrada, sem conseguir disfarçar o enjoo constante. — Eu vou vomitar.

— Achei que o capitão do time era mais resistente — brinquei com Fox, enquanto aumentava o volume do rádio para que Ashton surtasse ainda mais com as melodias cantaroladas por Kurt Cobain. Dallas imediatamente pousou os olhos azulados sobre mim. — Se você vomitar em cima de mim, pode se considerar um homem morto.

— Não me importaria de morrer em suas mãos, princesa das trevas.

Gargalhei por conta da piada e o apelido terrível do Fox, imediatamente desferindo um soco leve contra seu ombro direito – não com tanta força quanto deveria, afinal, nenhum de nós queria que o carro derrapasse para fora da estrada principal. Revirei os olhos e me juntei a Ash em sua cantoria, provocando Dallas com meu olhar fixo até que o convencesse a se unir a nós. Ciente de que jamais iria nos persuadir a baixar o volume do rádio, juntou-se em nossa cantoria conjunta. Nós balançávamos a cabeça de um lado para o outro, enquanto nosso amigo no banco traseiro fingia intensamente que tocava sua guitarra, deslizando seus dedos próximo as cordas do instrumento.

Hello, hello, hello, how low!
Hello, hello, hello, how low!

Apenas mais dois segundos foram necessários para que Dallas colocasse a cabeça para fora do veículo novamente e se permitisse vomitar todo o conteúdo de seu estômago, levando Ash a uma gargalhada quase infantil.

— Nojento! — Ash e eu dissemos em uníssono sem nem olhar um para o outro, pouco antes dele me puxar para os bancos traseiros numa espécie de resgate. Quem em sã consciência deixaria a aniversariante na mira de um vomitador? Ash era um bom amigo. Continuamos rindo juntos, abraçados um ao outro como crianças. Perguntei o seguinte para o atleta:—Você está bem, Fox?

— Não! Piorou com você saindo do meu lado!

Dallas voltou a vomitar, ainda segurando o volante com ambas as mãos.

Sinto-me na obrigação de pular a parte nojenta da viagem para partirmos ao ponto em que atravessamos os portões escuros da propriedade de minha família. Como já estavam abertos, julguei que os outros membros do denominado Clube do Corvo haviam chegado mais cedo do que o combinado, afinal havia sido eu quem dei uma cópia das chaves aos gêmeos Claremont. Apesar de ansiosa para abraçar meus amigos, não havia forma de evitar o medo que percorreu o meu corpo conforme seguimos pela estrada. Os meninos conheciam minha história de trauma familiar, o que levou Dallas a tentar me distrair com piadas sem graça e Ash a me proteger em um abraço confortavelmente apertado.

Era impossível não olhar para as árvores do bosque pelo caminho, visualizando claramente o mesmo trajeto que levou o veículo dos Corvus diretamente para o Lago Mercy. Desviar o olhar para a esquerda também não era de grande ajuda, já que era possível enxergar o cemitério da minha família – e, consequentemente, onde meus pais e irmãos mais velhos estavam enterrados há dez anos. Não apenas eles, mas também todos os meus antepassados e uma parcela considerável dos moradores de cidades vizinhas. Entre os anos de 1908 e 1928, minha família cedeu espaços em seu terreno para receber os cadáveres de centenas de homens e mulheres, já que o principal cemitério de Corvus Creek lotou após uma onda assustadora de suicídios. Esse período de trevas perdurou por duas décadas, até que as mortes foram interrompidas do dia para a noite.

Posso dizer que me senti bem melhor quando Dallas estacionou bem em frente à mansão de três andares, permitindo que tivéssemos uma visão clara de Faye e Kincaid, os já citados como irmãos Claremont. Um sorriso surgiu em meu rosto assim que nós três descemos do veículo para caminhar até a caminhonete vermelha dos gêmeos. A líder de torcida e mestre do grupo de debate simplesmente pulou do capô do carro de seu irmão, correndo diretamente para os braços de ninguém menos do que Ashton. Ele praticamente girou a menina com seu vestido amarelo no ar, enquanto a mesma prendia as pernas em sua cintura. Imediatamente olhei para Dallas, que simplesmente deu de ombros antes de abrir um sorriso questionador que significava: "será que o beijo desses dois vai sair hoje?". Assenti de modo positivo, confiante de que seria naquele verão em que o único casal do grupo iria assumir seu afeto um para o outro.

Voltei minha atenção para o outro gêmeo Claremont. Kincaid ajeitou sua jaqueta do time de matemática e me recebeu em seu abraço apertado.

— Feliz aniversário, minha pequena! — Como se fosse meu pai, o garoto distribuiu um beijo no topo da minha cabeça. Não pude evitar de me sentir aquecida por seu abraço, esquecendo quase completamente da sensação frívola provocada pelo trajeto da estrada. — Só devo dizer que estou magoado por vocês não terem chego antes do combinado. Quatro da tarde significam três para mim, vocês sabem disso.

—Kincaid era adiantado, já que os seus incansáveis treinos para o time e suas notas exemplares o transformaram na pessoa mais responsável do grupo. Claro, ele disputava esse posto com sua irmã, igualmente atlética e inteligente.

— Dessa vez, eu devo assumir a culpa — Dallas juntou--se ao nosso abraço.

Quase morrendo sufocada pelos dois brutamontes de 1,80 de altura, lutei pela minha vida até escapar daquele abraço. Eles mantiveram os olhares simpáticos em minha direção.

— A culpa é sempre sua — apontei para Fox e abri um sorriso provocativo.

— Se a aniversariante disse, você deve concordar! — fazendo valer seu título de "Bom Amigo", Kincaid me apoiou no ato de jogar a culpa em Dallas.

— Eu poderia até concordar com vocês, Tico e Teco, mas escolho estar certo. Pode chorar, Clarisse — notei novamente *aquele* olhar de Fox. Poucos antes daquele verão começar, ele havia expressado seu desejo de ficar comigo, e não posso dizer que era exatamente recíproco. Eu não queria estragar a nossa relação, entende? Nós cinco éramos amigos desde o jardim de infância, e assim continuaríamos sendo até o dia de nossa morte. Ele sempre seria um irmão para mim. Enfim, Dallas deve ter se recordado da minha preferência por meninas ao trocar o assunto rapidamente: — Galera, quando começamos a festa?

— Relaxa, apressadinho! — escutei a voz imponente de Faye Claremont, que se afastou de Ash apenas para se colocar ao meu lado e deixar um beijo em minha bochecha. Bem, sempre deixei óbvia a minha admiração pela beleza de Faye. A admirei ainda mais naquele dia, já que o sol da tarde trazia o belíssimo contraste de sua pele escura com o vestido amarelo, sem nem mencionar os olhos cor de caramelo e o longo cabelo encaracolado que batia em sua cintura. Quanto a Kincaid, ele era uma cópia masculina e com músculos de Faye— Eu declaro que a festa vai só começar quando a Clare decidir que deve começar, entendeu?

— Discordo da sua declaração — responderam Kincaid e Dallas, como dupla.

— A opinião de vocês não conta nem um pouco, meus irmãos — declarou Ash, apontando para os meninos com sua guitarra vermelha. —Aliás, sem querer atrapalhar a discussão ou nada do tipo, mas quem é a menina dentro da caminhonete de vocês?

O questionamento de Ash levou quatro pares de olhos diretamente ao veículo mencionado, mais precisamente, para a menina de cabelos louros claros e mechas pintadas em tons rosados sentada no banco do passageiro. Notando como a olhamos, saltou para fora da caminhonete. Com uma expressão tímida em seu rosto, aproximou-se o suficiente do grupo para que eu a reconhecesse. Ela era a garota nova do colégio que, por algum motivo, entrou pouco antes das férias que antecediam o nosso último semestre. O que me incomodava era não ter ideia de como ela havia se tornado amiga dos Claremont.

Como Dallas e Ash pareciam felizes com a adição de um novo membro em nosso grupo, também estiquei a mão para cumprimentar a menina nova.

—Você é a aniversariante, certo? — o sotaque sulista de Bethany era perceptível.

Não houve tempo para responder à pergunta antes que a loira pálida ignorasse totalmente minha mão, unindo os nossos corpos em um abraço. Vamos trabalhar com sinceridade por aqui? Eu não sabia se estava muito confortável. Por mais de dez anos, nosso clube possuía apenas cinco fiéis membros. Seis parecia um número estranho, confuso. Ainda mais quando esse sexto membro parecia alguém eufórico demais ao ponto de quase me matar em um abraço. Na tentativa de acabar com a situação, dei três tapinhas singelos na touca preta em sua cabeça. Sejamos sinceros mais uma vez? Ela era irritantemente bonita.

Faye puxou a garota para o seu lado, segurando a mão da mesma.

— Pessoal, essa é Bethany Baker — Faye introduziu a loira para a maioria. — Esbarramos com ela na cafeteria do Joe, e bem, ela parecia disposta a nos ajudar a ajeitar sua festa, Clare. Eu posso até perguntar, mas duvido que alguém discorde: se importam com um par de mãos a mais? *Ninguém?*

— Seja bem vinda ao clube, Beth! — sempre com um sorriso acolhedor, Ash parecia o recepcionista do nosso grupo.

Dallas olhou em minha direção, queria ler a minha mente

— Se prepare, Dorothy — de modo proposital, errei o nome da nossa mais nova amiga (ou conhecida). —Você não está mais no Kansas.

Com esse comentário sendo a minha contribuição na recepção de Bethany ao grupo, iniciei a minha caminhada na direção da porta principal. Escutei os outros caminhando logo atrás de mim, ainda trocando piadas e risadas entre si. Eu não conseguia abrir a boca. Estava afundada demais em memórias para conseguir esboçar um sorriso. Percebendo minha hesitação em abrir a porta vermelha, Kincaid colocou-se ao meu lado e tomou a ação de girar a chave no meu lugar. Agradeci ao meu amigo e empurrei as portas da mansão, permitindo que todos os membros do clube entrassem no lugar o qual um dia chamei de casa.

Aquela não era mais a minha casa, há um bom tempo.

— Mãos à obra, seus desocupados! — Faye anunciou ao grupo, logo solicitando a ajuda de Bethany para buscar alguns produtos de limpeza na caminhonete. — Temos exatas seis horas para ajeitar essa festa e eu não quero saber de enrolação por aqui. Quero o melhor de todos! Pela Clarisse.

Um sorriso emocionado formou-se em meus lábios.

Lar, doce lar.

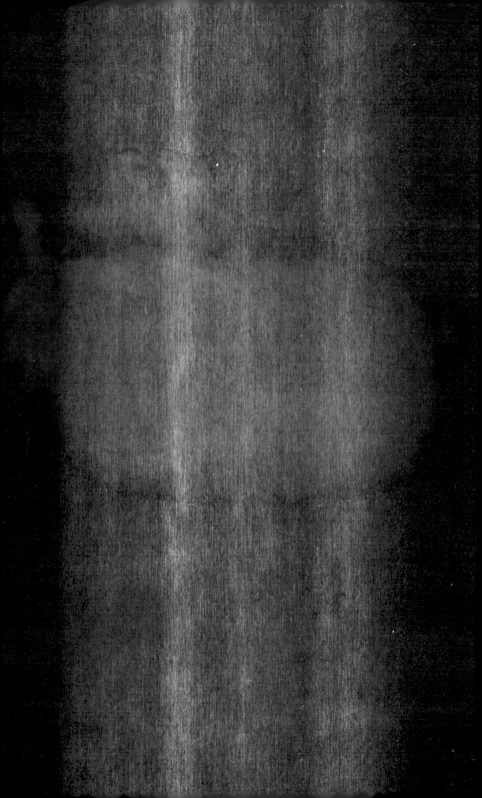

ASH MORGUE

Ão que eu seja preguiçoso, somente não aguentei trabalhar tanto na decoração da casa antes de decidir que eu merecia um bom descanso. Por isso, enquanto as meninas ainda enchiam as bexigas pretas com a força do fôlego em seus pulmões, joguei a minha guitarra em cima do sofá e aproveitei para sair pela porta da frente.

Apesar dos apesares, não fui burro o suficiente para entrar sozinho no cemitério da família Corvus, preferindo por seguir para o lado oposto da estrada: para o lago. Segui por entre as árvores do bosque até que o píer de madeira surgisse em meu caminho, sendo aquele um bom lugar para sentar e admirar o sol morrer no horizonte. Sentei no fim do mesmo, retirando os sapatos para que meus pés pudessem tocar a água - que, para a minha surpresa, não estava fria.

O silêncio era um tanto quanto mórbido, ainda mais conhecendo bem a trágica história de August e Penelope Corvus. Eu acreditava fielmente que as melancólicas trajetórias de nossas famílias eram um dos pilares de minha amizade com Clarisse, afinal, sempre tivemos um ao outro do lado durante as percas de nossos progenitores. As histórias não eram uma cópia entre si, claro, já que meus pais haviam me abandonado com minha avó para se afundar em uma vida voltada para drogas, enquanto a Corvus... bom, vocês já devem saber.

Busquei afastar esses pensamentos nada maneiros da minha cabeça ao arremessar algumas pedrinhas em direção à margem oposta do lago - e com um braço magricela, falhando miseravelmente no arremesso. Mesmo distraído, tenho uma audição boa o suficiente para escutar os passos sorrateiros aproximando-se das minhas costas. Não preciso de muito mais para saber quem está tentando me assustar.

— *I always feels like someone is watching me!* — cantarolei o mais alto que consegui antes de me virar bruscamente e arremessar uma das pedrinhas em direção a testa de Faye, que não hesitou em gritar alto por conta do impacto. Incrédula, deu dois passos para trás, ainda deslizando seus dedos longos pelo local atingido pelo meu disparo.

Faye apontou o dedo indicador na minha direção.

— Seu grande otário! — xingou. — Não podia pelo menos ter fingido um sustinho? Eu estava me esforçando!

— Pode soar clichê, mas nada me assusta.

— Duvido muito — desferindo um tapa em minha nuca, Faye ajeitou o vestido amarelo para sentar ao meu lado na ponta do píer. Ela não resistiu, unindo-se a mim no desafio de lançar pedras para dentro do lago. — Acho que a Clare está com medo de ter voltado para cá, Ash, mesmo que ela não o diga.

— Ela me abraçou muito no carro, eu sei que ela está com medo.

— Não sei como podemos ajudar ela a lidar com todo esse trauma, ainda mais aqui nesse lugar. Ela é quase tão minha irmã quanto o bendito Kincaid. | Quero protegê-la, entende?

— Claro, ela é minha irmã também.

— E a mim, você considera como irmã?

Pude sentir meu rosto avermelhar por conta da pergunta repentina da Claremont, desviando o olhar rapidamente para o meio do lago e ao horizonte alaranjado pelo fim de tarde. Como responder de uma forma que não deixasse muito escancarado o que eu quero é beijá-la? E como responder sem destruir todas as minhas chances?

— Ah, é... não considero! — dois segundos até que eu me arrependesse da resposta curta e estúpida, que fez Faye gargalhar alto demais. Me senti um pouco mais leve, ironicamente, ao sentir sua cabeça pousar em meu ombro. — Você seria minha prima distante. Bem distante. Sabe aquelas que vêm da Europa apenas de oito em oito anos? Você é uma dessas.

Encostei um pouco mais minha cabeça contra a cabeça de Faye, me assustando ao sentir a sua mão pousando sobre minha perna.

— Uma prima bem, bem distante — ela ressaltou.

— Isso mesmo. Aquelas que a mãe sempre usa para comparar com o próprio filho, ainda mais se for uma garota como você — Faye ergueu a cabeça de modo repentino, curiosa com minha fala. Tive de me explicar. — Vamos ser sinceros, você é boa em tudo. Capitã das líderes de torcida, do clube de debate, do clube de drama, rainha do baile e ainda arranjou tempo para ser a oradora da turma. Você é perfeita.

Não soube muito bem como analisar aquele olhar de Faye, parecia uma mistura de orgulho com uma certa dose de melancolia. Eu sabia que os pais dos Claremont colocavam o peso do mundo sobre o ombro dos gêmeos, mas nunca tínhamos conversado sobre tal. Para o resto das pessoas, eles eram simplesmente o par de irmãos mais inteligente e atlético do mundo, mas ninguém entendia o motivo para que se esforçassem com tanta intensidade.

A verdade era que se os gêmeos não se amassem o bastante para superar aquela rivalidade, provavelmente teriam passado anos de suas vidas na tentativa de derrubar um ao outro para conquistar a aprovação de seus pais. Pelo contrário, eles se continham o bastante para nunca colocar o outro em maus lençóis perante os pais. As notas eram similares, assim como a quantidade de cursos e faculdades dos sonhos.

— Ninguém é perfeito, Ash, muito menos eu, ou até mesmo, meu irmão. Talvez você e suas piadinhas sem graça sejam, mas isso não vem ao caso bem agora — o arrepio volta a tomar conta de mim quando sinto os dedos da morena apertaram o meu joelho. Quando percebeu meu silêncio, logo mudou de assunto: — Como está sua avó? Dallas comentou que foi visitar ela no último domingo.

Doente.

— Bem doente — não minto, não para Faye. — Os médicos acreditam que se ela tomar os remédios no horário correto e manter a dieta conforme o recomendado, pode melhorar, mas eu não sei. Ela ainda parece bem fraca. Às vezes tenho medo de sair de casa e ser a última vez que falo com ela, Faye. É horrível.

— Fico feliz que veio mesmo assim.

— Eu precisava me distrair um pouco — um sorrisinho bobo se manteve em meus lábios quando enfim olhei diretamente para os olhos de Claremont. Eu poderia ter a beijado bem ali, mas o receio me deixou imóvel. Anos naquele mesmo jogo, sempre sem nenhuma ação, sendo hipócrita ao levarmos em conta que a minha banda cantava sobre o desejo ardente de amar e tocar outro alguém.

Suckerzz, eu decepcionei vocês.

A bela garota não me esperou tomar coragem de a beijar, levantou-se de súbito e esticou a mão em minha direção. Em primeiro momento recusei-me a levantar por pura preguiça, mas os olhos julgadores pareciam me empurrar para cima. Não acreditei que iria mesmo me deixar convencer por um rostinho bonito.

—Vamos ocupar sua mente decorando todo o primeiro andar da mansão. Esse não é um convite, é uma ordem clara de sua oradora de turma, Ash — aceitei a ajuda, iniciando assim o caminho bosque adentro. Faye parou de repente, apontando o dedo indicador na minha direção, como sempre fazia. — Não acredito que você vai mesmo me fazer tomar o primeiro passo e te beijar, garoto.

Confiante como sempre, a Claremont continuou o caminho para a mansão.

Com um sorrisinho contente no rosto, continuei a seguir minha oradora de turma. Já sentindo o calor do amor preenchendo meu peito, apenas me restou olhar uma última vez para o sol se pondo ao horizonte do lago Mercy, antes de correr atrás de Faye. Eu que não iria ficar sozinho ali de noite, irmão.

DALLAS FOX

Para a sorte de todos os envolvidos, Bethany Baker era ágil o suficiente para logo preencher boa parte dos corredores e cômodos da mansão com bexigas e faixas pretas. Assim que a garota bonita desapareceu para os andares superiores, restou para mim e meu parceiro Kincaid organizarmos uma certa variedade de bebidas na geladeira e no balcão da cozinha. Como a porta do porão estava trancada, não nos vimos obrigados a descer ao cômodo escuro atrás de caixas de vinho.

Os meus olhos se mantinham fixos em Clarisse, que com aquele mesmo semblante tedioso, ainda forçou um sorriso para mim enquanto pendurava algumas bexigas pela sala de estar. Não me dei conta do tanto de tempo investido em observar a garota até que Claremont bateu ambas as mãos rente ao meu rosto, trazendo-me assim para a nossa realidade. Balancei a cabeça, confuso.

— Você quer que a Clarisse se apaixone por você ou chame a polícia? — perguntou o meu melhor amigo enquanto colocava alguns destilados sobre a ilha da cozinha.

— Pelo andar da carruagem, as chances estão pendendo extremamente para a segunda opção. Se você quer uma garota, precisa chegar nela, não agir como um cão em frente a uma padaria com pães cheirosos.

— Eu tentei chegar nela, eu juro! — sussurrei para o mesmo, subindo no balcão para não ter de auxiliar na árdua tarefa de abrir caixas de uísque. — Ela não me quis.

— Então, Clare não gosta de você?

— Ela gosta de mim.

— Do jeito que você quer ou como um amigo do peito?

— Amigo do peito.

— Ela gosta de você, mas não *gosta* de você — Kincaid buscava alguma maneira de me apoiar, mas não conseguia segurar uma risadinha há cada duas palavras. Eu aguentei a provocação, já que ao menos ele não me forçava a trabalhar. — Acontece com os melhores, amigo. Lembra quando eu fiquei afim daquele carinha ruivo no acampamento espacial? Ou aquela líder de torcida do time rival? Ou o garoto sorridente da aula de química? A minha vida amorosa é um desastre também.

— Eu nunca disse que a minha vida amorosa é um desastre.

— Você não precisa dizer, ela é, meu amigo — Kincaid se colocou à minha frente. — Seja sincero comigo: qual foi a última vez em que você namorou?

— Verão de 2004, eu acho. Não tenho certeza.

— Dois anos atrás, tempo pra caramba! — ele bateu em meus ombros. — Sabemos que você precisa estudar, treinar e ainda trabalhar até às dez da noite naquela lanchonete gostosinha, mas sempre há tempo para o amor.

Pelo visto não havia "tempo para o amor" para mim, pois como Claremont havia deixado bem claro em sua fala anterior: os meus dias eram mais corridos do que maratonas de verão. Não era minha culpa que eu precisava trabalhar naquela lanchonete para conseguir ajudar minha mãe em casa, entende? Preferia mil vezes esperar até a faculdade para me sentir amado do que deixar com que minha mãe e irmã passassem fome, eu não me arrependia disso.

Apenas me arrependia de não ter chego em Clarisse antes que ela me visse como família.

Talvez, mesmo com uma rotina cansativa, ainda houvesse tempo para amar.

— Vou te descolar alguém legal hoje, pode deixar — bancando o cupido, ele se ofereceu.

— Não, obrigado. Eu ainda tenho esperanças.— Na Clarisse?

O meu olhar pousou novamente sobre a garota de cabelos e roupas tão escuros quanto a noite, que agora abria um sorriso mais animado em minha direção. Nem passava pela minha cabeça atrapalhar o aniversário de Clarisse naquela missão de conquistar seu coração. Apenas havia esperança de que talvez em outro verão, ela também se apaixonaria por mim.

— Sim. Eu não vou desistir dela, Kincaid.

— Ela vai partir seu coração, amigo — o atleta apertou os meus ombros.

— E vai ser bem divertido.

Naquele exato momento, agradeci que Clarisse não escutava a nossa conversa.

CLARISSE CORVUS

N aquele exato momento, agradeci o quanto eu era expert em escutar conversas alheias. Cogitei simplesmente seguir meu caminho para o segundo andar sem nada dizer, mas não demorou para que eu colocasse em meu rosto um sorriso malicioso e andasse até a entrada da cozinha. Os olhos de ambos caíram sobre mim no instante em que eu disse:

— Sem brincadeira, essa conversinha de vocês tem como ouvir até do lago.

— O que você escutou? — Dallas lançou um olhar preocupado para seu colega de time.

— Tudo — curta e grossa, respondi com malícia. Sem mais delongas, deixei ambos com a pulga atrás da orelha e segui para os andares superiores da mansão. Todavia, a gargalhada excessiva de Kincaid poderia (literalmente) ser ouvida do lago, o que me fez sorrir ao imaginar o rosto preocupado de Fox.

Deixando esse momento para trás, nossa história segue para quando eu estava andando pelo corredor escuro do segundo andar, passando por portas que eu não teria coragem de abrir. De certa forma, era como se eu ainda pudesse sentir a presença da minha família, e abrir a porta do quarto de qualquer um deles seria encarar a realidade de que eles não estavam na mansão. Nunca fui o tipo de garota com a cabeça nas nuvens, porém, naquele meu aniversário, tudo o que eu queria era sonhar um pouco e fingir que a minha vida era perfeita.

Como se já não fosse uma noite preocupante o bastante, alguns dos convidados da festa haviam me dito que a data de *6 de junho de 2006* parecia ser amaldiçoada por si só. Ao ouvir algum conhecido revelar seu receio quanto a data que formava o número 666, minha primeira reação era soltar uma risada irônica e dizer o quanto aquilo era ridículo. O diabo não estará por aqui, da mesma forma que também não existe um ser superior que está zelando por todos nós. No fim das contas, estamos todos sozinhos, assim como eu estive durante aqueles últimos dez anos.

Afastando certos pensamentos negativos, subi em direção ao terceiro andar da mansão, empurrando a porta vermelha de acesso ao chegar ao fim das escadas. Basicamente todo o andar era um único cômodo: um sótão similar a uma biblioteca, estruturado perfeitamente pelos meus bisavós, Bárbara e Bartolomeu. Por essa razão, era como se aquele fosse um mundo totalmente diferente do que se poderia encontrar lá fora. Um mundo cheio de estantes de livros que ocupavam todas as paredes ou que eram dispostas em várias fileiras, sofás na cor vermelha em volta de mesas circulares ao centro, e três janelas que permitiam que a luz da lua invadisse o cômodo. Entretanto, eu não estava sozinha em meu próprio refúgio, já que não demorei para notar que Bethany Baker também estava no local, vasculhando pela seção de livros favorita da minha bisavó.

Bethany logo notou minha chegada, acenando com dois livros em mãos.

—Vocês têm um gosto bem peculiar por aqui...

— É o que você acha, Dorothy? — voltei a insistir no apelido, agora caminhando até a estante para me colocar ao lado da garota de cabelos dourados. — O que te faz pensar isso?

— Esses livros daqui são todos focados em estudos do paranormal, a grande maioria eu duvido que você consiga encontrar em bibliotecas locais — Bethany colocou os dois títulos na mesma posição em que os encontrou, encarando-me com seus olhos castanhos.

— O meu bisavô era apaixonado em teorias do além-vida, passou anos da própria existência buscando se comunicar com os espíritos daqueles que cometeram suicídio em Corvus Creek. Ele tinha a crença total de que iria encontrar uma forma de parar as mortes. No fim das contas, a intervenção dele não foi necessária, as mortes simplesmente cessaram do nada — nunca contei para ninguém certas partes profundas da história de minha família, porém havia um interesse no olhar da Baker que me faziam prosseguir com o que estava dizendo. — Foi bem a tempo, já que os moradores estavam com intenção de invadir a mansão para lançar a esposa dele na fogueira.

Baker pareceu chocada, um tanto quanto horrorizada.

— Por algum motivo especial? — questionou, novamente curiosa.

— Não, todos eles eram cuzões — gargalhei pela feição desapontada de Bethany, ela parecia que iria chorar se não obtivesse uma resposta satisfatória o bastante. — Brincadeira. Eles acreditavam que Bárbara estava realizando feitiços com moradores, que vinham em busca de conselhos para afastar os pensamentos suicidas. Depois de uma conversa, iam embora da mansão, parcialmente melhores. Não entrava na cabeça dos moradores das redondezas que Bárbara Corvus não era uma bruxa, e sim apaixonada por psicologia.

— Eles tentaram matar a sua bisa por salvar pessoas? Não faz sentido.

Assenti com um semblante triste, agora encostada contra a estante para que pudesse focar melhor aquele meu olhar na garota do campo. Já ela, não parecia conseguir olhar diretamente para mim, sempre encontrava outro ponto no cômodo para impedir o contato visual. Era uma pena, pois, apesar da implicância que estava lançando contra a Baker, ainda havia algo nela que me deixava com a "pulga atrás da orelha". Eu precisava descobrir, obviamente.

— Quase isso — respondi. — É aquela velha história: quem possui poder demais para resolver uma situação, talvez seja o responsável pelo problema. Entendeu?

— Entendi, claro.

Pela primeira vez, não entendi bem o que a expressão da garota queria dizer.

— Já está cansada de escutar a história da minha família?

— Claro que não, bem melhor do que a minha — estou pronta para questionar sobre a família da Baker, mas fui interrompida quando a mesma se direciona para a porta sem nada anunciar. — Pode me procurar mais tarde durante a festa, eu gostei de conversar contigo.

Sem mais delongas, a garota me deixou sozinha na biblioteca. O mais estranho de tudo era pensar que nossa curta conversa havia sido boa o bastante para que eu olhasse para a outrora "intrusa no grupo" com olhos melhores. Dependendo de como aquela noite fosse correr, talvez até eu, a mais antissocial do quinteto, concordaria com a entrada de um novo membro. Contudo, era cedo para dizer, a festa nem havia começado, ainda faltavam algumas horas.

Pronta para me jogar nos sofás vermelhos do cômodo, não deixei de notar que havia um certo exemplar faltante na sessão paranormal de Bárbara Corvus. Verifiquei livro por livro da prateleira em que o mesmo estava localizado, entretanto não encontrei nada mais do que a certeza de que havia um livro sumido entre os classificados pela letra "N". Suspirei fundo, ciente de que uma busca seria insuficiente, mas ainda com o seguinte pensamento reverberando em cada canto da minha mente:

Necroterium estava desaparecido.

PARTE 2
RESSURECTIO

"Cara, é só macetar a cabeça dos monstros.
Nove vezes!"
— Fox, Dallas. 06 de junho de 2006.

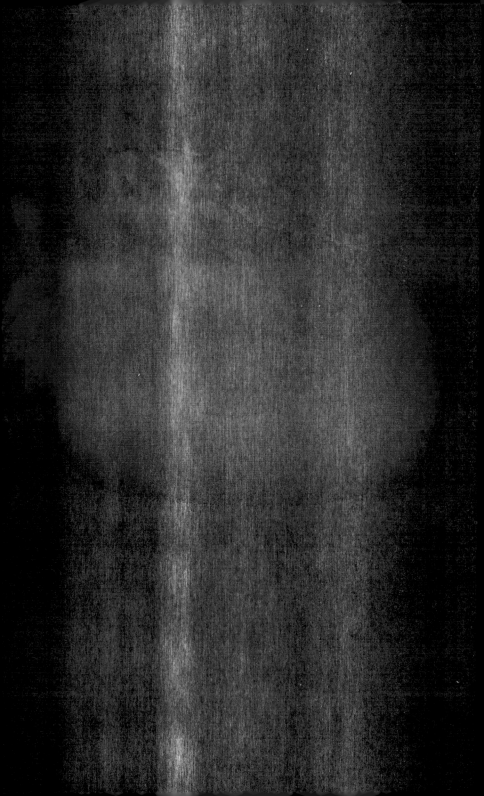

FAYE CLAREMONT

Mamãe estava certa. Nós não conseguiríamos nem trocar uma lâmpada se a nossa vida dependesse disso — essas foram as palavras que deixaram meus lábios enquanto observava como meu caro irmão apertava todos os botões possíveis na jukebox. Ele realmente acreditava que dessa forma iria magicamente reviver uma máquina falecida há mais de uma década.

— Deixe de ser pessimista, garota.

— Eu não sou pessimista.

— Você está parecendo bem pessimista. Ajudar ninguém quer, certo?

— Você pode chamar o Dallas.

— Ele está ocupado demais indo recepcionar o pessoal lá fora, já que a nossa líder de torcida está sem simpatia alguma para o fazer — soltei uma risadinha pela provocação de meu irmão, antes de acertar a nuca dele com um tapinha. Eu preferiria guardar os sorrisos simpáticos para futuros jogos. Os meus planos naquela noite eram outros e meu gêmeo sabia muito bem disso. — Talvez nossa recepcionista da festa esteja ocupada demais querendo beijar o Ash, o que acha?

— Kincaid! — repreendi o mais rápido que consegui.

— Desculpa, desculpa. Vocês enrolaram demais para o meu gosto.

— Desde quando isso é problema seu?

— Você é meu problema desde que dividimos o mesmo útero — com um toque de mágica, Kincaid conseguiu mexer na sequência correta de botões que trouxe a máquina de volta para a vida. Mesmo que até então não o apoiasse naquela missão, soltamos um urro alto e batemos as mãos no alto em um belíssimo *high five*. — Admite agora como eu sou incrível, preguiçosa.

— Jamais, meu querido — porém, parabenizei o mesmo com um aperto de mão.

Kincaid apertou mais alguns botões da jukebox e preencheu o ambiente da sala de estar com uma das músicas mais conhecidas da banda The Clash: *Should I Stay or Should I Go*. Como já esperado por nós dois, escutamos Ash Morgue correndo da direção da cozinha já cantarolando cada verso da música, trazendo Beth Baker ao seu encalço. Os seus olhos elétricos caíram sobre a guitarra jogada sobre o sofá, mas logo se voltaram em minha direção, como um convite implícito de que eu deveria me juntar à sua performance. Neguei com um aceno de cabeça, tomada por um certo sentimento de vergonha.

— Vai dançar com o seu namorado, Faye — Kincaid detestou a falta de atitude.

— Ele não é meu namorado — rebati com um fato.

— Se você continuar se borrando nas calças, nunca vai ser.
— Isso deveria me motivar, huh?
— Está se sentindo motivada, *maninha*?
— Muito — respondi, confiante. — Eu te odeio muito.
— Eu também te amo, Faye.

Lançando um sorriso para meu irmão, corri na direção dos braços daquele que por muitos anos considerei como o meu melhor amigo. Começamos a cantar como se estivesse rolando um grande festival naquela sala de estar, acompanhados por ninguém menos do que a mais nova integrante do grupo, que dançava de um lado para o outro. Não demorou para que Kincaid também se juntasse a nós, estalando os dedos e balançando sua cabeça quase careca ao som da batida da música.

Esse foi um daqueles momentos de calmaria antes da tempestade, pois mal sabíamos o que estava por vir enquanto nos jogávamos no braço um do outro, cantarolávamos as músicas no último volume ou ríamos de algum passo de dança esquisito. Como qualquer um de nós poderia prever o chegar da noite mais horrenda de nossas vidas? Qual ironia do destino transformaria um momento de diversão entre quatro amigos em um tremendo banho de sangue? Sem adeus para nossos pais, sem último abraço em nossos amigos, sem promessa de futuro.

Como poderíamos adivinhar que a maioria de nós estaria morto antes da meia noite?

Até que o relógio da sala bateu às nove da noite, tudo estava perfeito, mas a tempestade estava prestes a cair sobre cada um de nós. A cantoria diminuiu quando Dallas Fox entrou pela porta da frente e bateu palmas pesadas por conta de sua animação para a festa. Com toda certeza, o trabalho do atleta para manter todos os convidados (e, principalmente, convidadas) lá fora havia sido produtivo, considerando as marcas de batom em seu pescoço.

— Onde está a Clarisse? — ele questionou ao fim da música.

— Ela ainda não terminou de se trocar — respondeu Ash, colocando-se ao meu lado.

— Droga... a galera está ansiosa! Eles vão derrubar essas portas e não podemos deixar isso acontecer antes que a Clarisse esteja aqui embaixo — Dallas passou a mão pelos cabelos. — Claremont, preciso da sua ajuda lá fora. Com um bom papinho e um cooler de cervejas, devemos conseguir manter o pessoal quietinho por mais vinte minutos.

— Parece um bom plano — Kincaid concordou.

— Minha parte do plano é não fazer nada, eu concordo — Ash também apoiou a ideia.

Poucos segundos até que os atletas do grupo viessem correndo da cozinha com um cooler em mãos, já saindo diretamente pela porta da frente. Eles foram recebidos por uma salva de palmas, todos os nossos colegas do lado de fora estavam ansiosos. Agora que o silêncio estava reinando novamente pela sala, eu sabia para onde Morgue e eu poderíamos fugir.

— Beth, você avisa os meninos quando a Clarisse descer?

— Pode deixar — a Baker concordou. — Vocês vão sair?

— Nós vamos? — Ash pareceu surpreso, levantando sua sobrancelha.

— Claro que vamos.

Sem mais delongas, puxei Ash comigo em direção a porta aos fundos da cozinha, sendo a primeira vez em que tivemos contato com a escuridão ao exterior da mansão. Sinceramente, calafrios logo percorreram cada centímetro do meu corpo, como se as árvores da propriedade pudessem nos observar contornando a residência e estivessem planejando um ataque.

Nenhum dos nossos quase cem colegas que esperavam em frente à mansão conseguiram nos avistar, totalmente focados em escutar um discurso patriarcal de meu irmão e Dallas, ambos em cima da caminhonete vermelha. Eles arremessavam as cervejas do cooler para cada um dos convidados da festa, enquanto eram ovacionados pelo feito. Devo admitir que abandonar a iluminação proporcionada pelos veículos e entrar no cemitério escuro não foi uma das minhas melhores ideias.

Antes que me julguem como estúpidas, entendam os três seguintes pontos: a) eu queria correr riscos naquela noite; b) nunca tive medo de cemitérios; c) talvez eu já tivesse ingerido meia garrafa de vinho e eu fosse extremamente fraca para bebidas. A soma desses três fatores me fizeram abrir os portões do cemitério Corvus, seguindo para dentro.

—Você está planejando me matar, Faye?

— Não, claro que não! — De repente, girei em meu próprio eixo para ficar de frente com o rapaz de cabelos azuis e roupas mais largas que as de um skatista. — Achei que era você quem não tinha medo de nada, Ash.

— Eu não tenho medo de nada! Mas você tem que admitir que me arrastar para um cemitério no meio da noite é algo um tanto quanto… — e foi nesse momento em que impulsionei o corpo para frente e selei nossos lábios em um beijo repentino. Afastei-me logo depois, notando que o rapaz havia ficado paralisado com o ato.

Toda a minha preocupação se esvaiu com o vento da noite quando os lábios de Ash esboçaram um sorriso bobo, pouco antes que ele me puxasse pela cintura para um beijo mais longo. Senti suas mãos deslizando pelo meu corpo, enquanto as minhas estavam subindo pelo seu pescoço e cabelo. Mais dois segundos até sentir o toque de concreto contra minhas costas, sabendo muito bem que estava sendo encostada na parede de um mausoléu.

Querem me julgar mesmo por beijar o cara que eu gostava bem em frente ao local de descanso de alguém? Pois me julguem. Eu estava muito contente nos braços de Ash, agarrada aos seus cabelos, enquanto os lábios do rapaz me envolviam com desejo. Por qual razão havíamos esperado tanto tempo? Simplesmente por medo? O medo de perder um dos meus melhores amigos.

Ali, tudo o que me importava era continuar beijando Ash Morgue até o momento da minha morte - e considerando o que veio a seguir, talvez nosso beijo não fosse tão longo.

CLARISSE CORVUS

A pesar de ser meu aniversário, não altero o meu traje de sempre: um vestido preto como as botas de cano longo, que não trazem nenhum grande destaque aos meus cabelos castanhos escorridos e jogados sobre os ombros. Nenhum colar e nada de pedras preciosas. Chegar perto de qualquer um desses objetos no quarto de meus pais automaticamente iria trazer recordações de minha mãe, o que era algo que precisava ser evitado se eu quisesse uma noite tranquila de diversão. Pela primeira vez em muito tempo, eu estava esperançosa de que logo me sentiria feliz. Era isso o que eu buscava desde pequena, entende? Felicidade.

Claro que estar ciente de que haveria uma multidão à minha espera não foi nada próximo de animador, já que eu nunca fui a simpatia em pessoa. A maioria não eram meus amigos, estavam ali somente com a intenção de beber até o dia seguinte, alguns nem mesmo iriam me parabenizar pela minha data mais do que especial. O meu clube era tudo o que eu me importava, e somente a pedido deles, concordei em convidar alguns conhecidos do colégio. Assustada com o som de pessoas do lado de fora, cheguei na sala de estar já com uma sensação de que deveria retornar ao meu quarto..

Beverly Baker estava encostada na janela, igualmente surpresa pela quantidade surreal de pessoas.

— Não vai fazer piadinhas? — questionei um tanto quanto rude.

— Esse não era o *seu* trabalho? Achei que você era a palhaça do seu grupo — ela rebateu, puxando-me contra a minha vontade para o seu lado. Observei de fininho pela janela, para como Dallas e Kincaid ainda conseguiam distrair a multidão de ansiosos, pulando em cima da caminhonete como dois circenses. Não conseguia ouvir bem sobre o que os atletas discursavam, apenas como eram ovacionados há cada duas palavras. —Você está linda, Clarisse. Pronta para roubar e despedaçar vários corações durante a festa.

— Quem disse que tenho intenção de roubar algum coração?

—Você não tem a intenção, mas é natural para você.

— Se alguém te ouvir falando assim, vai achar que você quer me beijar.

— Quem disse que eu não quero te beijar?

O silêncio pairou sobre nós, repentino como uma tempestade de verão.

— É uma brincadeira, eu juro — ela gargalhou. — Aliviando o clima.

Não seria a primeira vez que eu beijaria uma garota.

— Eu revelei boa parte dos segredos da minha família, mas você não soltou nada sobre a sua até agora, Dorothy. Faltou reciprocidade da sua parte — puxei papo, evitando pelo máximo de tempo a obrigação de precisar receber o pessoal do lado de fora com o sorriso mais simpático que a última dos Corvus poderia proporcionar. Parecia tão falso, engessado. Não seria felicidade genuína, não como a que minha família e amigos de verdade me proporcionavam. — Qual a sua história, Bethany? Me conte.

— Ela não é muito feliz.

— Está mesmo falando isso para a órfã mais famosa dessa cidade?

Apesar do sorriso fofo no rosto de Bethany, estava cada vez mais claro que todas as suas expressões otimistas e falas gentis eram uma máscara para disfarçar sua dor interior. Assim como no passado da minha família, ainda havia uma nuvem negra pairando sobre sua história de vida. Eu estava pronta para mudar de assunto, até que a loira com mechas rosadas veio a dizer:

— É muito mais fácil sorrir e fingir que nada aconteceu, sabe? — assenti para a Baker, mesmo que a minha especialidade não tenha sido sorrir desde o que havia acontecido com minha família no Lago Mercy. No fim, cada um tinha suas próprias maneiras de lidar com as merdas. — Minha mãe é uma mulher manipuladora e agressiva desde que eu me entendo por gente, mas as coisas pioraram muito depois que meu irmãozinho Blake nasceu. Um novo filho, um marido que passava mais tempo na fazenda do que em casa, os sentimentos borbulhando dentro dela... ela atacou meu pai.

Sinceramente, não sei sobre o que eu acreditava que Bethany iria falar sobre sua família, mas, com toda certeza, não esperava que fosse ser uma experiência tão pesada. Não consegui desviar meu olhar da mesma, queria demonstrar ao máximo que eu estava ali para escutar o que estava dizendo.

Como um membro honorário de nosso *Clube do Corvo*, claro que a Baker também teria seus problemas e traumas familiares não resolvidos. Era isso que nos tornava uma família uns para os outros.

— O velho achou que seria uma boa fugir para a Virgínia, mas não conseguiu a convencer de que seria melhor levar a mim e Blake. Por isso, passamos anos numa casa mergulhada em brigas, álcool e agressões desnecessárias. Eu cheguei no meu limite, Clarisse — os olhos da loira se encheram tanto de lágrimas que ela se viu forçada a voltar o olhar janela a fora. Ela não conseguia me encarar sem chorar. — Minha mãe me bateu até na primeira vez em que eu pintei as mechas do meu cabelo de vermelho, por isso, com o passar do anos, fiquei com tanto medo do que ela podia fazer com um garotinho desastrado de seis anos.

—Você decidiu fugir da casa?

— Eu decidi viver — Bethany rebateu. — Eu decidi que não deixaria aquela mulher machucar Blake da mesma forma que me machucou por anos — esse foi o instante em que analisei melhor o antebraço de Bethany, percebendo assim as marcas de queimadura de cigarro. Engoli em seco, totalmente em choque. — Peguei minhas coisas, as do meu irmão, e fugi para a casa do meu pai aqui em Corvus Creek. Essa é a minha história.

— E-eu... não esperava por isso.

— Ninguém espera, Clare — ela me chamou pelo meu apelido pela primeira vez, com seu olhar choroso finalmente encontrando o meu. —Você mais do que ninguém deve entender o quão difícil é fingir que está tudo bem.

— Eu nunca fingi — decidi ser honesta. — Não consigo simplesmente sorrir e dizer que o mundo não está uma merda. Uma parte de mim quer que todos estejam sofrendo tanto quanto eu estou, o que é um baita egoísmo.

— Não acho que você seja egoísta, você só é humana.

— Ser humana é o que me faz egoísta.

A minha frase deixou Bethany perplexa, mas no fundo, compreendeu aonde eu queria chegar. O seu olhar permaneceu sobre mim, trazendo para mim novamente aquela dúvida sobre o que estaria se passando nos cantos de sua mente. Como eu disse anteriormente sobre meu grupo de amigos, os traumas familiares pareciam ter nos unido em um espaço muito curto de tempo - talvez a mesma coisa tivesse ocorrido entre ela e os Claremont -, e naquele momento, facilmente a considerava como uma nova amiga. Engraçado como a Baker havia mudado a ideia pré-concebida em minha mente tão sutilmente rápido.

Perdida nos cantos de meus pensamentos, apenas retornei para a realidade quando a loira de mechas avermelhadas me puxou para um abraço apertado. Ela não me abraçava pelo fato de ser meu aniversário, mas por entender que nós duas não éramos tão diferentes quanto acreditamos em nosso primeiro encontro de olhares. Antes mesmo de bater nove horas da noite, me permiti a coisas que até então eram impossíveis: ser abraçada por uma desconhecida.

Com uma certa dose de arrependimento pelo ato, Baker deu dois passos para trás, recolhendo seus braços e desviando a visão para a janela. Pensei em simplesmente dizer que tudo ficaria bem e que seu gesto não me assustou, mas eu preferi optar por uma atitude arriscada: aproximei-me o suficiente para pousar um beijo sobre seus lábios rosados. Minhas mãos permaneceram em seu queixo durante cada um dos segundos que vieram a seguir, enquanto Bethany não permitia com que eu me afastasse de imediato, segurando minha cintura com suas mãos quentes. Ali estava ela, com a iluminação da lua ressaltando a sua beleza, encarando meu rosto por uma longa sequência de minutos.

— As coisas vão melhorar, eu prometo — a promessa que havia deixado meus lábios não era somente para confortar, mas também para me trazer uma sensação de conforto. Nós duas precisávamos escutar aquilo. Entender que aquela noite seria apenas o começo de um futuro incrível. — Mas se eu quiser passar por essa noite com vida, vou precisar de uma boa garrafa de vinho.

— Eu não poderia concordar mais.

— Vou precisar buscar algumas garrafas na adega, Bethany. Consegue ficar de olho na porta até eu voltar? Vai ser rapidinho.

Assim que a mesma assentiu com um leve movimento de casa, direcionei os meus passos para a porta do porão, já com a chave em mãos. Eu não teria cessado minha caminhada se não fosse por um assobio da loira, por isso olhei para trás.

— Impressão minha ou você não me chamou de Dorothy?

— Pode deixar, eu te chamarei assim da próxima vez — com um sorriso e uma fala provocativa estampada no rosto, para prosseguir para a adega da família.

Os sons em frente à mansão distanciavam-se conforme me aproximava da portão do porão, localizada na cozinha, trazendo-me alguns calafrios pelo corpo. Ao encaixar da chave no ferrolho da maçaneta antiga, a minha intuição me dizia para não continuar, que eu deveria dar meia volta e encarar aquela noite sóbria. Quem que escuta a própria intuição, afinal? Ignorei-a totalmente.

Não demorou para que eu logo estivesse descendo os primeiros degraus da escada, procurando pelo interruptor em meio ao breu do porão. Contudo, minha busca foi infrutífera, já que por algum motivo as luzes não acenderam quando toquei no interruptor. Xinguei alto, sendo forçada a retirar um isqueiro de um dos bolsos do vestido e iluminar o meu caminho para o inferno.

Em minha cabeça, a intuição continuava dizendo: "Há algo muito errado por aqui, sua burra".

Ao menos uma vez na vida, eu deveria ter escutado minha intuição.

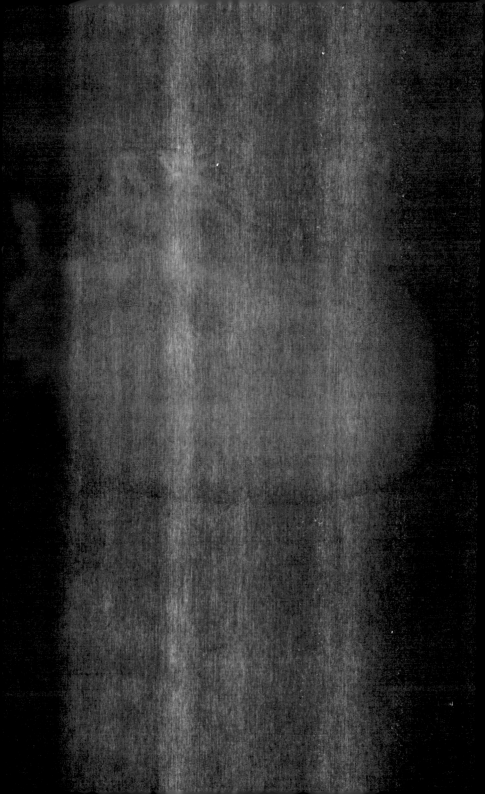

ASH MORGUE

Se beijar Faye Claremont era somente um sonho, eu não queria acordar. Não me importei com quantos minutos haviam se passado desde o início dos amassos, tão pouco fazia diferença se eu provavelmente estava perdendo os minutos iniciais da festa. Após tantos anos preso em um ciclo infinito de timidez e dúvidas, o momento pelo qual ansiei estava acontecendo bem em frente aos meus olhos fechados. Claro, o importante não era ver o desenrolar da situação, e sim sentir como os lábios de Faye pareciam se encaixar perfeitamente aos meus. Confesso que eu não era um dos beijoqueiros mais experientes, mas como ela sabia desse fato, fazia questão de tomar o controle de vez em quando para me ensinar alguns truques.

— Você está gemendo? — Faye parou com os beijos, infelizmente.

— É o que?! — questionei, totalmente assustado. Ela gargalhou alto.

— Não é você? — Então, ela parou de rir e ficou confusa com a minha confusão.

Apesar de ambos estarmos confusos, logo constatamos que o gemido não era emitido por nenhum de nós dois, mas que vinha de outras direções do cemitério. Faye acreditou que talvez fosse algum de nossos colegas de turma realizando atos promíscuos, por isso estava pronta para dizer o quanto aquilo era nojento até que foi interrompida por gritos excruciantes de pessoas que saíam do interior das covas do cemitério, cavando seus caminhos até a superfície com unhas e dentes para escapar de seus caixões. Enquanto isso, em outras partes do cemitério, portas de mausoléus eram derrubadas para permitir a saída de pessoas com seus corpos decompostos, que emitiam uma fusão sonora entre grunhir e gritar.

Quando uma onda de corvos alçou voo para longe dali, Claremont segurou minha mão para também fugirmos daquele cemitério agora coberto por neblina.

Como qualquer pessoa sensata faria, demos o fora dali.

Os nossos passos durante a corrida chamaram a atenção das criaturas mortas, que gritaram em uníssono antes de correr em nossa direção, saltando lápides de concreto e empurrando uns aos outros para chegar até o "lanchinho". Em pânico, Faye soltou um grito quando uma das criaturas emergiu da cova bem em nossa frente e agarrou as minhas pernas com os seus dedos esqueléticos. Chutei o rosto do morto por diversas vezes antes de conseguir me libertar e voltar a correr com a garota. Éramos assombrados pela sensação de que uma hora seríamos cercados pelos mortos, o que nos fazia mudar constantemente a direção para a qual corríamos. Nunca senti tanto medo em minha vida e isso me fazia querer chorar de desespero, chegando até mesmo a deixar minha visão turva. Felizmente, não estava cego o bastante para não enxergar o machado cravado em uma árvore à nossa frente.

— Segura firme! — Avisei para a minha companheira antes de acelerar o passo até o nosso objetivo. Fomos interceptados por uma das criaturas que decidiu saltar em minhas costas e me levar ao encontro do solo úmido.

O morto-vivo que usava um uniforme de mecânica de carros estava há míseros centímetros de afundar os dentes em minha nuca - algo que não chegou a se concretizar, já que Faye agiu rápido e chutou a cabeça da criatura como se fosse uma bola de futebol, empurrando-o para o lado. Diferente de como criaturas do gênero eram retratados em filmes, esse era bem veloz. Por isso, eu não conseguia escapar, já que ele me agarrava pelas vestes sempre que eu tentava me levantar. Faye não mais gritava com medo, focada demais em segurar a gola azulada do morto e salvar a minha vida por diversas vezes.

Procurei pelo machado com o olhar, mas por algum motivo, não o encontrei cravado na árvore como anteriormente. A razão para o desaparecimento da arma foi revelada quando Dallas surgiu da escuridão e afundou o machado de lenha no crânio do morto. Sangue jorrou sobre minhas costas, antes que um segundo golpe forçasse o mecânico desabasse para o lado.. Nós três, os assassinos de um homem morto, ficamos em choque por alguns segundos, descrentes com o que havia acabado de acontecer.

—Vocês entendem que foi para proteger o Ash, não entendem? — Com a voz estremecida e transbordando o medo que estava sentindo, Dallas nos perguntou.

Apesar do meu estado extremamente abalado, coloquei-me de pé no mesmo instante e fiquei frente a frente com o Dallas, colocando ambas as mãos em seu queixo. Ele tentava desviar o olhar como se estivesse com vergonha de seu ato, mas eu não o permitia.

—Você salvou a minha vida, Dallas. Você. Salvou. A. Minha. Vida. — Dallas abaixou o olhar na direção do machado ensanguentado, segurando o choro. Ele me pediu para ser abraçado, e assim eu o fiz, envolvendo-o no abraço mais apertado possível. — Obrigado. De verdade.

Esse foi o momento em que "*Holding Out for a Hero*" de Bonnie Tyler quebrou o nosso momento de afeto, reverberando da direção de onde estava localizada a mansão. Faye imediatamente murmurou para nós o nome de Kincaid, seu irmão, como se um estalo em sua mente a revelasse que seu irmão poderia estar em perigo. Na verdade, todos os nossos colegas estavam em perigo, já que os mortos agora nos ignoravam para correr na direção dos portões de saída do cemitério.

Um belo de um palavrão deixou meus lábios pouco antes que eu agarrasse a mão de Faye, enquanto permitimos que Dallas limpasse o caminho com o machado e nos guiasse na direção correta dos portões. Lembrei da minha caneta de composições que, apesar de pequena, ainda poderia ser usada como método de defesa. Cravei o objeto no pescoço do primeiro morto que tentou me alcançar: uma mulher de vestido antigo totalmente rasgado, como se tivesse se jogado de uma colina. Enfim, o primeiro golpe não foi o suficiente, precisei atingir seu olho direito em um segundo ataque.

Os pensamentos culposos e o sangue em minhas mãos pareciam fatores cruciais para que eu entrasse em um estado de choque. Precisava lembrar de como estávamos matando aqueles mortos para salvar Kincaid, Clarisse, nossos amigos... Não fomos rápidos o suficiente, já que escutamos os gritos de pânico tornando-se cada vez mais altos. Faye imediatamente soltou da minha mão e correu na frente, totalmente desesperada para salvar seu gêmeo. Dallas gritou para que a líder de torcida esperasse por nós, mas ela nos ignorou e foi a primeira que conseguiu sair do cemitério.

— Mas que grande merda! — vociferou Dallas, acertando precisamente o crânio de uma criatura mais esquelética o restante de sua horda: um dos Corvus fundadores da cidade. Pensei em maneiras de explicar para Clarisse que sua tataravó havia morrido pela segunda vez, o que me fez rir de desespero. Por sorte ou conveniência de roteiro, como preferir, cheguei em uma cova com duas pás cravadas em seu topo. Lancei uma das armas para Dallas usar em sua mão livre; enquanto a segunda foi utilizada para atingir a cabeça da primeira criatura que se aproximou de mim.

Notei apenas após o terceiro golpe que se tratava de uma criança que, em vida, deveria ter em volta de seus dez ou doze anos. Isso não significa que decidi parar de atacar o pobre coitado, já que no futuro, tal decisão poderia custar a minha vida. Com lágrimas nos olhos, era quase como se eu estivesse vendo a minha versão mais jovem sendo acertada pela arma em minhas mãos... de um modo mais dramático e poético, eu poderia dizer que estava matando minha própria inocência.

Aquela maldita noite de verão acabaria com a inocência de todo o Clube do Corvo.

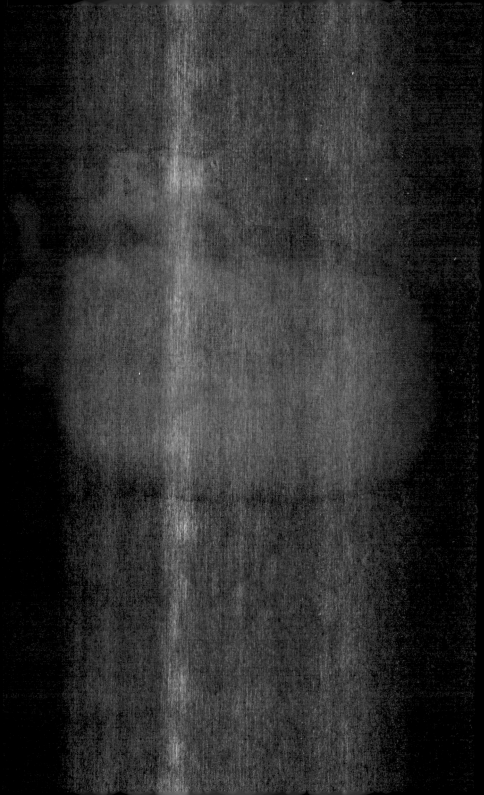

KINCAID CLAREMONT

Por céus, como eu poderia prever que a minha impecável performance de Bonnie Tyler em cima do capô da minha caminhonete poderia atrair uma horda de mortos-vivos que devoraria todos em seu caminho? Não havia como! Simples.

Ainda estava de olhos fechados quando a gritaria começou, de abraços abertos para a multidão de conhecidos. Em primeiro momento, quando tudo enxerguei, não conseguia crer no que estava vendo, já que jamais havia chegado perto de uma gota de sangue na vida - e com toda a certeza do mundo, nunca havia testemunhado a avó morta de alguém destroçar o pescoço de uma garota em cima do gramado. Minha primeira reação foi procurar de imediato as chaves da caminhonete no bolso traseiro, mas nada encontrei. Mentalmente, julguei-me burro por deixar a chave cair na direção da grama em algum momento da "apresentação".

Dois dos meus colegas tentaram fugir em uma moto, mas foram atacados por uma das criaturas que saltou na direção do veículo, derrubando-os na direção do solo. O garoto com cabelos louros e compridos tentou bater na criatura, mas por estar preso embaixo da moto caída, não demorou para ter sua mão devorada pelos dentes da mulher sem cabelos. Já seu amigo, não pensou duas vezes antes de correr na direção das árvores mais próximas, sendo atropelado em cheio por um casal que tentava escapar de carro.

Imediatamente corri para o interior do meu próprio veículo, tentando (miseravelmente) não entrar em estado de pânico. Minha tentativa de controlar o medo se mostrou falha quando o casal citado anteriormente ficou com o veículo atolado, gritando de desespero enquanto os mortos quebravam as janelas e os removiam da segurança do veículo. Tentei ser o personagem inteligente em um filme de terror e não gritar, focando minha atenção em tentar lembrar como se faz uma ligação direta. O grande problema era nunca ter aprendido a fazer esse tipo de ligação.

O que me restou, aprisionado no interior do veículo, foi assistir na fileira vip aquele show de horrores em que meus colegas lutavam para escapar. Muitos deles falharam com êxito e foram devorados pelas criaturas estranhamente velozes. Pela perda de vários dos meus amigos, comecei a chorar como um bebê. Todavia, sendo mais inteligente do que um recém-nascido, aproveitei esse tempo para abrir todos os compartimentos internos do veículo e procurar por alguma coisa que pudesse usar para me defender. Em vão, já que as políticas de segurança impostas por minha mãe não permitiam qualquer espécie de lâmina afiada no carro.

— Mas que grande... — não tive tempo de concluir a frase, já que a janela do motorista foi destroçada por um dos mortos-vivos. Ele não conseguia agarrar o meu cabelo, já que, novamente por ordens de minha mãe, eu os mantinha baixo em estilo militar. Soltei uma risada satisfatória e tentei me rastejar para o banco do motorista. Claro, o morto de terno conseguiu agarrar as minhas pernas e me impediu de escapar. Gritei como se não houvesse um amanhã.

O morto já estava com metade do corpo para dentro do veículo quando a porta do carona foi escancarada e reconheci minha irmã de imediato, por conta do vestido amarelo e braços largos que me puxaram para fora da caminhonete. Juntos, caímos na direção da grama. Doeu muito.

Toda aquela cena parecia um pesadelo real do qual nenhum de nós conseguiria escapar. Pois, pelo o que eu estava vendo, grande parte dos meus amigos não conseguiu chegar na floresta sem serem devorados impiedosamente pelas criaturas. Jogada ao meu lado como um pedaço de cocô, Faye segurou forte a minha mão, apavorada. Não, eu nunca deixaria a minha irmã morrer daquela maneira.

Me levantei e impulsionei o meu corpo contra o primeiro morto que se aproximou de nós, fazendo uma bela utilidade dos meus anos treinando futebol. Logo em seguida, desferi uma série de golpes contra o rosto de uma das criaturas e impedi que outra mordesse uma das garotas góticas do colégio, jogando ambos para o mais longe possível. Percebi que, por conta dos anos de decomposição, grande parte dos mortos não eram pesados. Com isso em mente e a missão de guiar minha irmã para um lugar seguro, arremessava para longe qualquer cadáver que entrasse em nosso caminho.

Fui dominado pelo medo de não conseguir lutar sozinho, me agarrando a qualquer resquício de força para continuar seguindo em frente. Como um grande camarada em uma armadura dourada, Dallas apareceu ao nosso lado, lançando para mim uma pá. Segurei sem grandes dificuldades, acertando a primeira morta que tentou nos atacar. Dallas fazia o mesmo contra as criaturas, lutando bravamente com seu machado de cortar lenha. Até Faye, ao longe, encontrou um modo de se defender ao buscar um pé de cabra na caminhonete e atingir as canelas dos zumbificados.

Ergui a arma em minhas mãos, assobiando para chamar a atenção do Fox.

— O que eu faço com isso?! — questionei.

Dallas levantou a sobrancelha direita, como se a resposta fosse simples.

— Cara é só macetar a cabeça dos monstros. Nove vezes!

— Você quem manda, capitão! — respondi, agora observando a zumbi caída aos meus pés. Ela continuava morta, mas ainda se mexia. Então, considero que ela estava viva? — "*Pelos poderes de Grayskull! Eu tenho a força!*" — dramatizei como um bom garoto do teatro e desci a pá contra a cabeça da mulher. Nove vezes ou mais.

Morta. Você está morta. Morta.

Precisei repetir esse mantra até que ela parasse de se mover.

— Cara, você é ridículo — escutei Dallas zombar da minha imitação de He-Man.

— Não é à toa que sou seu melhor amigo.

Nosso momento de fraternidade chegou ao fim quando percebemos que nenhum dos nossos colegas conseguiu escapar e que, ao fim de "Holding Out For A Hero", apenas nós três e os mortos estávamos em pé. Ash também saiu da escuridão, igualmente segurando uma pá, aumentando o número de sobreviventes para quatro. Nos reunimos em posição de quarteto, com cada integrante cobrindo uma direção vulnerável. Agora, não tínhamos noção de quantos mortos estavam levantados, já que além dos mortos originais, os nossos amigos e colegas também haviam se zumbificado. A única certeza era de que nosso fim estava próximo.

— De zero a dez, o quão ruim vocês estão considerando essa situação toda? — questionei aos outros três integrantes do grupo. Giramos devagar para que todos tivessem uma visão de quantos mortos teríamos de macetar para escaparmos com vida.

— Onze! — o trio respondeu em uníssono, desesperados.

— Vocês deveriam ser mais confiantes.

O ruim se transformou em pior quando fomos atacados pelos nossos colegas do time de futebol e tivemos de lutar contra rostos conhecidos. Afundar as armas no crânio de nossos amigos é um trauma que tivemos de carregar até o restante de nossas vidas, mas não havia espaço para hesitação. Precisei continuar lutando por cada um dos meus amigos, desferindo chutes sempre que possível para que as criaturas não chegassem demasiadamente perto. Como uma rocha, me mantive ao lado de Faye que, mesmo sendo a garota mais corajosa que conheci em minha vida, ainda era minha irmã e merecia ser protegida de todos aqueles demônios.

Dallas era o mais veloz, ignorando o peso de sua arma, e desfazia a formação para entrar em nossa frente e nos proteger contra os mortos mais rápidos. Ele não parecia pensar em mais nada além da crença de que deveria nos salvar. Horas mais tarde, eu voltaria a pensar em como a necessidade de atacar e desmembrar seus amigos naquela noite iria assombrar meu amigo. Como se recuperar depois de ser forçado a cometer aqueles atos? O melhor naquele momento era não pensar em absolutamente nada, inclusive se haveria um futuro para sentir remorso. Pensar demais seria aceitar a morte.

Entretanto, para sobreviver, um raciocínio rápido é de extrema importância. Agradeci que minha irmã foi rápida ao perceber que a porta de entrada da mansão havia sido aberta e indicou para todo o restante do grupo. Quem havia aberto a porta era Bethany, a caipira, que observava pela fresta com horror em sua expressão. Sem chamar a atenção dos mortos, superou o medo para balançar o braço e nos avisar de que deveríamos entrar na residência.

Tomei a liderança do grupo e nos guiei na direção de nosso novo objetivo, arremessando para longe o corpo de qualquer zumbi que entrasse em nosso trajeto. Quando a força nos braços pareceu diminuir, comecei a derrubá-los com o meu próprio corpo, como se estivesse em um jogo de futebol contra o time adversário. As criaturas gritavam conforme nos atacavam, como se entendessem que os gritos ensurdecedores poderiam sugar cada gota de nossa sanidade

Cheguei aos pés das escadas quando decidi olhar para trás, no exato momento em que uma líder de torcida zumbificada conseguiu desviar de um ataque de Dallas. Eles caíram na direção da grama, com a morta subindo em cima do meu amigo. Ordenei para que Faye continuasse subindo as escadas com Ash e corri na direção do soldado abatido. Não cheguei a tempo de impedir que a criatura mordesse um espaço entre o nariz e a bochecha de Fox, arrancando parte da pele dele no processo. Soltei um grito de fúria e batizei a maldita da Kelly Jones com um traumatismo craniano. O golpe da pá a impulsionou para longe, provavelmente a matando definitivamente no processo.

Ferido pelo buraco em seu rosto, Dallas agonizava sobre a grama, ainda sem permitir que o machado escapasse de suas mãos. Carreguei meu melhor amigo em meus braços durante todo o caminho até a mansão, murmurando que tudo logo voltaria a ficar bem. Confuso pela dor, ele gritava para que eu parasse de mentir. Ignorei os gritos até chegarmos no hall de entrada da mansão, com Bethany Baker trancando a porta de imediato.

Alguns mortos bateram contra a madeira, desesperados para entrar.

— Segundo andar. Vamos. — Com uma voz autoritária e que escondia o seu pavor, Faye ordenou para todos os cinco. Coloquei Dallas sobre os cuidados de Ash e estava pronto para discutir as ordens de Faye, porém fui vencido pelo cansaço. Tive de entender que se ficássemos tão perto da porta, os mortos continuariam lutando para invadir até que alcançassem seu objetivo.

Observando o estado de um Dallas choroso, restou-me concordar:

— Faye está certa. Vamos subir.

Deixei com que as meninas e Ash fossem na frente, para garantir que não haveria nenhuma criatura escondida no segundo andar ou no sótão. Entreguei a pá nas mãos da Baker e foquei totalmente minha atenção em colocar um dos braços de Dallas em volta do meu pescoço e o conduzir do modo mais gentil possível. Ele não mais gritava, engolindo toda a dor que sentia para não atrair a atenção dos zumbificados e continuava arrastando o machado com uma das mãos.

O meu coração foi partido em pedaços quando aquele que eu considerava como irmãos sussurrou em meu ouvido:

— Eu não quero morrer, Kincaid. Por favor.

PARTE 3
INVOCATIO

"O seu pai era um quarentão branco de classe alta, você acha mesmo que ele não teria uma arma em casa?"

— Claremont, Kincaid. 06 de junho de 2006.

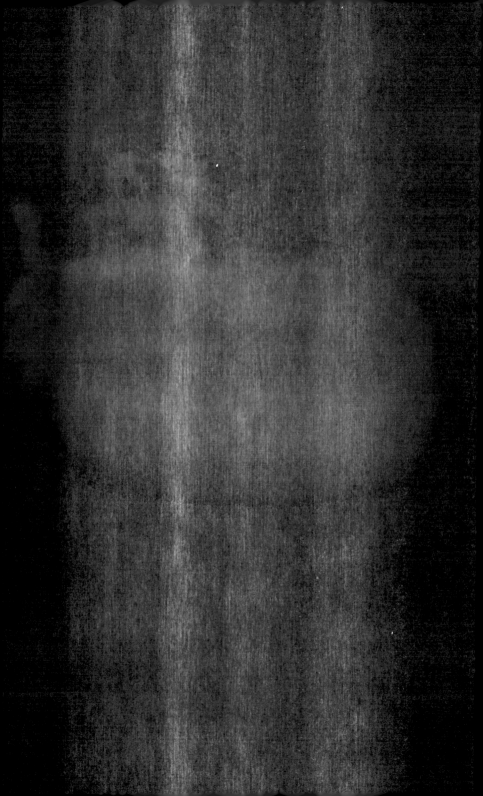

ASH MORGUE

Vocês já assistiram aquele filme com zumbis do George A. Romero?

Pouco tempo antes desse meu questionamento, uma intensa tempestade se deu início ao lado de fora da mansão. Como ironia, o som dos trovões trazia conforto ao abafar o grunhido da legião de mortos que cercava a residência. Pela janela do quarto, mal conseguíamos ver o exterior, pois as nuvens de chuva haviam coberto a nossa única fonte de iluminação: a luz da lua. Agora, estávamos em dúvida sobre o quão ruim estava a nossa situação.

Os longos minutos na suíte dos pais da Clarisse não aumentaram a sensação de segurança de ninguém, estávamos lutando contra a sensação de que alguma das criaturas poderia derrubar a porta do recinto há qualquer momento. Por isso, Kincaid ficou próximo da porta para o corredor, montando guarda. Já eu e Faye estávamos sentados na cama de casal com a missão estancarmos o sangramento de um Dallas semi acordado, enquanto Bethany fazia uso de seu celular para tentar realizar ligações para a emergência. Nossa esperança morreu após o quinto "sem sinal" anunciado pela novata.

— Você acha que estamos num filme? — rebateu Bethany, abaixando o aparelho.

— Não, claro que não — respondi. — Mas há semelhanças.

— Qual tipo de semelhanças, Ash?

— No filme, os mortos também se erguem de seus caixões e podem ser finalizados com um golpe na cabeça. Os personagens acabam por ficar cercados em uma casa, precisando lutar pelas suas vidas e não serem devorados pelos zumbis.

— Final feliz?

— Nem de perto — Kincaid respondeu por mim.

— Isso é um péssimo sinal — a loira também perdia as esperanças.

Enquanto Baker fazia mais questionamentos sobre "A Noite dos Mortos-Vivos" para Kincaid, observei Faye desatar em lágrimas ao encarar as próprias mãos sujas pelo sangue de um dos nossos amigos de infância. Era como se sua esperança de salvar Dallas estivesse diminuindo, não importava o quanto ela pressionava o rosto do garoto com toalhas ou lhe prometesse que tudo ficaria bem. Fox precisava de um hospital, e considerando a situação em que nos encontrávamos, seria um local impossível de chegar tão cedo.

— Como esses mortos correm? — Faye perguntou especificamente para mim, como se eu fosse um especialista no assunto. Ela não esperou por uma resposta de imediato e deslizou pelo colchão para que eu a envolvesse por alguns instantes em meus braços. Ambos precisávamos daquele abraço.

— Alguns dos zumbis já estão há décadas embaixo da terra, não faz sentido que consigam correr tão rápido sem que algum osso acabe se deslocando do lugar. Não faz sentido.

— Talvez seja uma maldição — parecia loucura dizer, mas era a única resposta.

—Você acredita mesmo que seja algo sobrenatural?

— Sim, com certeza. Nós sabemos que se houver um local na face da terra que é propriedade do diabo, esse lugar é Corvus Creek. Pensem comigo... os suicídios do século passado tenham sido o primeiro passo de uma maldição ainda maior. Está tudo conectado.

— Eu devia ter ficado no Texas — murmurou Bethany, baixinho.

— Nós simplesmente demos azar de estar no lugar errado e na hora errada — complementei.

Apesar de descrente nesse tipo de assunto, Kincaid parecia concordar. Assim como o restante do grupo presente no recinto, ele também me direcionava dúvidas como se eu fosse o "especialista em assuntos paranormais de Corvus Creek":

— Só me explica a razão de tudo isso estar começando apenas hoje, Ash.

— Seis de junho de dois mil e seis. O número do diabo.

Havia sido eu um dos primeiros a gargalhar por conta da superstição de alguns dos nossos colegas perante a data do aniversário de Clarisse, mas não mais. 666. O número do Diabo. Aliás, o Ash de horas antes estaria zombando da minha cara. Entretanto, que outra teoria poderia melhor se encaixar perante ao que estávamos vivenciando naquela noite de terror? Poderia ser apenas o começo de algo ainda maior, pois, em breve, os mortos poderiam chegar até a parte residencial da cidade e infectar todos que encontrassem em seu caminho. A sorte de todos era que os portões da propriedade estavam bem fechados, por enquanto.

    Poderia ser o início de um fim orquestrado décadas antes de nosso nascimento.

    Faye chorou mais intensamente contra meu peito quando Dallas recuperou parcialmente a consciência, implorando para que não o deixássemos morrer. Somando as palavras de meu amigo com as teorias sombrias que assolavam a minha mente, também não consegui conter algumas lágrimas. Tudo parecia tão escuro, tão doloroso para todos nós. Éramos família uns para os outros, não poderíamos morrer sem que isto destruísse uma parte vital daqueles que sobrevivessem.

    — Primeiro, precisamos salvar a vida do meu *irmão* — disse Kincaid, sendo o que melhor conseguiu conter as lágrimas e a sensação de desesperança que assolava o cômodo. Em meio ao caos, estava disposto a assumir o posto de líder do nosso grupo — Depois, vamos encontrar um modo de acabar com essa tal maldição.

    — Nós temos de encontrar a Clarisse também — acrescentou Bethany.

    — Onde você a viu pela última vez, Beth?

    — Ela me disse que desceria para a adega.

    —Você a viu sair do porão e ir para fora da mansão?

    — Não, Clarisse ainda está por aqui. Sem chance de ela ter saído do porão sem que eu tivesse visto ou escutado, mesmo com todo a confusão — a certeza era notável na voz de Beth. — Preciso da ajuda de alguém para descer até o primeiro andar. Não quero correr o risco de que ela abra a porta e acabe sendo atacada pelos mortos. Além do mais, podemos procurar por um telefone também.

— Geralmente não é uma boa ideia se separar em filmes de terror e não acho que Dallas esteja em condições de andar — precisei intervir na discussão quanto ao nosso próximo passo, afinal, se quiséssemos ter uma chance de sobreviver, era necessário fazer o uso de todo o conhecimento possível. Como um grande fã de filmes e livros do gênero de horror, talvez eu pudesse fazer uso dos acertos e dos clichês a nosso favor. — Além do mais, podemos acabar chamando a atenção dos mortos.

Secando as lágrimas, Faye discordou com as minhas observação:

— Beth está certa. Não adianta ficarmos presos aqui, correndo o risco de que a Clarisse acabe abrindo a porta de entrada e permita que os monstros entrem na mansão. E, quanto a questão de chamar a atenção dos malditos, não acredito que seja um problema. As cortinas estão fechadas, basta fazer silêncio e não derrubar nada no caminho — assim como seu irmão, Faye também era uma voz imponente no Clube do Corvo e assumia também o posto de líder. Ela segurou minha mão. — Eu entendo sua preocupação, Ash. Também não sou uma grande fã desse clichê de separação, mas não temos muitas opções de escolhas por aqui. Alguém precisa descer com a Beth, encontrar nossa amiga e usar o telefone para chamar qualquer tipo de socorro.

— Como você consegue sempre estar com razão? — questionei para Faye e recebi o sorrisinho mais lindo do mundo como resposta. — Concordo. Pode deixar que eu acompanho a Beth.

— E quanto a Faye e eu, ficamos por aqui? — perguntou Kincaid.

— Isso. Vocês precisam ficar de olho em Dallas. Caso tenham passado quinze minutos e nenhum de nós dois voltou para o quarto, continuem quietos por aqui até que amanheça, está bem? — optei por orientar os meus amigos que continuariam no cômodo. — Tenho certeza de que algum pai preocupado vai ligar para a polícia amanhã e pedir para que procurem os filhos desaparecidos.

— É um bom plano, amigo. Concordo.

Ninguém nos impediu de sair porta afora, apesar de Faye me envolver em um abraço apertado. Não era uma despedida, por isso dei apenas um beijo em sua bochecha, sussurrando que ela teria de devolver o tal beijo quando eu retornasse. Fiquei com seu sorriso em mente ao seguir para o corredor com Beth, deixando com que os Claremont ficassem de olho no estado de saúde do Fox. Tanto para mim, quanto para a minha companheira, havia a sensação de corrida contra o tempo.

Estávamos chegando na metade do corredor quando as luzes de toda a residência foram desligadas, provavelmente por culpa da tempestade. A escuridão tomou todo o ambiente e a nossa caminhada se tornou uma tarefa arriscada, pois, um passo em falso poderia ser o suficiente para chamar a atenção da multidão de mortos. Bethany manteve uma de suas mãos em meu ombro e pediu para que eu continuasse seguindo em frente. Os anos morando na roça foram eficazes naquele momento, já que a Baker tinha um bom senso geográfico e encontrou uma maneira de decorar boa parte dos ambientes da residência. Sem nenhum receio, guiou-nos por todo o caminho, me alertando quando um objeto fosse entrar em meu caminho.

Estar em perigo me fazia pensar em milhares de paranoias diferentes.

— Isso tudo é um clichê de terror — sussurrei para a loira.

— As luzes apagando do nada?

— Exato. Não acho que seja uma coincidência, considerando que também não temos como pedir ajuda das autoridades, tomamos decisões de separar o grupo e uma das nossas amigas está desaparecida até agora. É uma quantidade surreal de clichês!

— Onde você está querendo chegar com esse papo, Ash?

— Acho que talvez alguém esteja querendo nos matar.

— Quem?!

Descemos os degraus com um cuidado reforçado, chegando ao primeiro andar.

— Eu não sei. É o que está me deixando agoniado — continuei sendo arrastado por Bethany, falando cada vez mais baixo para que nossa presença continuasse o mais discreta possível . — Um inimigo desconhecido é quase impossível de ser derrotado. Se não arrancarmos a máscara desse safado, poderemos acabar todos mortos.

— Eu não vou morrer aqui, Ash.

— Como você pode ter certeza?

— Eu tenho fé em Deus e um irmão para quem voltar.

—Você é a responsável dele? — perguntei, curioso.

— Digamos que sim.

— Eu entendo como é, também tenho alguém por quem lutar — eu me referia a minha avó, que continuava lutando pela vida para que pudesse ter mais momentos ao meu lado. Se eu não saísse daquela noite com vida, minha vó também perderia a vontade de viver. Por aquela mulher, eu estava determinado a lutar até o meu último suspiro.

Chegamos na sala e soltei o braço de Bethany para andar cautelosamente até o sofá. Usei as mãos para tatear o móvel até encontrar a minha guitarra, segurando o instrumento como se fosse um taco de beisebol. Devolvi a minha caneta de composições no bolso traseiro junto ao bloco de notas, confiante de que não precisaria usar o objeto nunca mais, já que agora eu tinha uma máquina assassina de zumbis em mãos.

—Você me promete uma coisa, Ash? — a minha companheira perguntou.

— Claro.

— Se algo acontecer comigo... — escutei a voz de Beth estremecer. — Pode dizer ao meu irmão que eu sinto muito por não ter conseguido voltar para casa? Você promete?

— Eu prometo. Se incomoda se eu disser também que você o amava?

Ela soltou uma risadinha, agora um pouco mais leve.

— Com toda a certeza. Eu o amo muito.

— Posso pedir por uma promessa também? — perguntei. Bethany soltou um murmúrio de concordância. — Por favor, se eu morrer, não deixe com que o restante do grupo conte para a minha avó, está bem? A única maneira dela continuar sobrevivendo é se existir a esperança de que um dia eu vou visitar ela no hospital. Eu detestaria partir direto para o inferno e ficar preocupado com a vovó não lutando para superar a doença. Ela precisa dessa esperança.

— Pode confiar em mim. Eu também prometo.

Essas promessas foram as nossas motivações para continuar explorando o restante da casa escura até chegar na cozinha. Bethany correu imediatamente na direção do telefone na parede, soltando-o apenas ao chegar à conclusão de que não funcionaria sem a energia elétrica. Apesar desse golpe de desesperança, ambos ainda estávamos agarrados à crença de que todos os membros do Clube do Corvo iriam ter um final feliz. Ninguém morreria. A nossa missão ali era confiar um no outro, mesmo que ainda fôssemos desconhecidos, e encontrar uma maneira de salvar aos nossos amigos.

E ainda mais importante: A Sra. Morgue precisava que o neto retornasse para casa.

Estava pronto para propor um novo plano para a caipira quando nos apavoramos em conjunto por culpa de um estrondo vindo do porão. Ignorando meus avisos para esperar e planejar o nosso próximo passo, Bethany caminhou na direção da porta para o subsolo e constatou que a mesma se encontrava trancada, sem a chave. Um grito feminino bastou para que a loira se transformasse na She-Hulk e tentasse arrombar a porta, soltando um palavrão após cada tentativa falha. Para não parecer um frangote, corri para ajudar nessa missão.

— Clarisse? — Bethany chamou, ainda forçando a porta. — Clarisse?! Me responda!

Um grito mais alto ecoou do porão.

CLARISSE CORVUS

Caro leitor, seria imprudência minha não explicar corretamente quanto a árvore genealógica de minha família antes de prosseguirmos. Tudo começou quando os meus tataravós e mais algumas famílias inglesas fundaram Corvus Creek em 1888, acreditando que tais terras amaldiçoadas iriam trazer rios de prosperidade. Não demorou para que a família Corvus começasse a ser assolada por mortes inesperadas, criando assim um ciclo eterno de dor e luto.

Os meus tataravós Archibald e Josephine Corvus chegaram na América ainda sem filhos; o que perdurou apenas até o levantar das estruturas da cidade, trazendo assim confiança para que Josephine tivesse a primeira de quatro gestações, abençoada *sempre* por um belo casal de gêmeos. Entretanto, sete dos oito filhos pereceram antes mesmo de alcançarem os estimados vinte e um anos, divididos entre terem suas vidas ceifadas por enfermidades, suicídios e assassinatos. A única sobrevivente dessa onda de tragédias havia sido uma das gêmeas mais novas, Bernadette. A pobre traumatizada acreditou mesmo que casar-se com Olevier, um estrangeiro francês, fosse ser a salvação de sua linhagem.

Juntos, buscaram por anos que uma das gestações de Bette não sofresse complicações.

Em 1920, os sonhos desse doce casal foram concebidos no nascimento de Bárbara Corvus, o seu único milagre entre tantas tentativas. Entretanto, foram abraçados pela insanidade quando chegaram à conclusão de que nunca teriam a família perfeita. Eles retiraram suas próprias vidas em décadas diferentes, mas que impactaram Bárbara na mesma intensidade. A herdeira se entregou para a solidão, vivendo por anos em reclusão em uma mansão construída na área florestal da cidade. Como nas grandes peças românticas, o amor bateu na porta da frente e a solitária se apaixonou pelo homem que havia sido assistente de negócios do seu falecido pai.

Bárbara tinha planos de acabar com sua própria linhagem de uma vez por todas, mas após a onda de suicídios que tomou Corvus Creek durante duas décadas, a mulher que um dia foi acusada de bruxaria pelos moradores da cidade agora decidia ter um herdeiro. Bernard. Que, por sua vez, teve também dois filhos gêmeos com sua esposa, August (meu pai) e Gregory.

Não tenho muito o que falar sobre os meus avós, já que eles também tiraram a própria vida ao saltar juntos da velha ponte. O meu pai e tio tiveram de ser criados por Bárbara, que com a ajuda do seu marido criou os dois netos reclusos na mansão, até que ambos os idosos vieram a falecer, sendo o único casal da minha família que encontrou um final pacífico e comum. Esse final não veio a se repetir com a geração que veio antes de mim, já que Gregory desapareceu após ter um caso com uma mulher casada e meu pai morreu afogado junto aos filhos e esposa em 1996. Um completo massacre da minha árvore genealógica.

Toda essa jornada nos leva até meu 18º aniversário, sendo eu a única Corvus sobrevivente. E o pior, eu precisava conviver com a sensação de que estava fadada a perecer por uma doença, suicídio ou talvez até ser assassinada. Durante anos sendo protegida pela minha avó materna, nunca consegui remover da minha cabeça o pensamento de que meu fim estava próximo. A minha vida era como uma bomba-relógio, que poderia ferir qualquer pessoa que estivesse por perto no momento da explosão.

Essa bomba explodiu em junho de 2006.

O momento do "BOOM" chegou poucos minutos após eu me encontrar trancada no porão, condenada a escutar os gritos de amigos e conhecidos ao longe. De primeira, acreditei que fosse uma brincadeira estúpida, por isso não fazia uso extremo de força contra a porta de madeira. Todavia, quando os gritos foram substituídos por um silêncio macabro, entrei em pânico. As minhas mãos já estavam doloridas quando me dei conta de que a porta não cederia ao meu ataque, era uma perca de tempo e esforço físico. Talvez eu estivesse louca... eu tinha certeza de que a chave estava no ferrolho quando desci as escadas para buscar a caixa de vinho. Certeza absoluta. Cheguei à conclusão de que existia a possibilidade de eu ter colocado a chave no bolso traseiro e tê-la deixado cair durante minha exploração da adega. Mas como explicar a porta ter trancado sozinha? Poderia ser o plano de alguém para me forçar a escutar os gritos de meus amigos e não conseguir tomar nenhuma atitude para ajudar.

Em determinado momento, desisti de implorar por ajuda ou buscar entender os motivos para todo aquele caos, acendendo o meu isqueiro para descer as escadas em segurança. Se eu quisesse enxergar qualquer coisa em meu caminho teria de usar o fogo, já que a energia da mansão havia misteriosamente cortada. Droga. Nenhuma luz teria sido o suficiente para que eu não estremecesse ao retornar para o centro do porão e encarasse um círculo desenhado com sangue, assim como palavras em latim desenhadas ao centro do círculo. Espera, não haviam apenas palavras no interior do círculo, mas também um livro com capa de couro. *Necroterium*. O livro desaparecido que eu citei algumas horas atrás para vocês. Eu tinha certeza de que aquele ritual havia sido realizado em nome do capeta.

Estava passando por cima do ritual quando me assustei por conta da ventania e da chuva que se intensificaram ao lado de fora, segurei um grito para não chamar atenção indesejada. Um segundo estrondo veio acompanhado de um vento forte que soprou cada uma das velas acesas em volta do círculo, indicando um mal presságio. Ou talvez não. Por conta da ventania, consegui encontrar uma janelinha aberta no topo de uma das estantes. Não seria difícil escalar até a minha saída, mesmo que isso provavelmente sujasse meu vestido de lama.

Infelizmente, quando se é uma Corvus, nada é tão simples quanto aparenta. Eu não estava sozinha no porão. Por isso, quando uma criatura forçou sua saída do interior de um dos armários, pensei rápido ao correr para debaixo do balcão de ferramentas. O ser esquelético desabou sobre o peso de suas próprias pernas e soltou um gemido de dor, enfim liberto após sabe-se-lá quanto tempo aprisionado no armário.

Durante suas tentativas para manter-se de pé, derrubou uma série de velas apagadas e acabou por chutar o livro amaldiçoado na minha direção. Agarrei *Necroterium* na primeira chance que tive, segurando-o em meus braços como se fosse a bíblia sagrada que me salvaria daquele demônio maluco.

Falando nele, agora seguia sem rumo pelo porão, derrubando uma série de garrafas de vinho que estavam expostas em estantes de madeira.

A curiosidade me transformou em uma pessoa burra: coloquei a cabeça para fora do meu esconderijo a fim de reconhecer o que seria aquele monstro. Não era um humano, obviamente, pois estava morto há um bom tempo. Os seus braços e pernas esqueléticas pareciam inumanas, como se aquele ser tivesse sido condenado a uma sessão de tortura medieval antes de ser trancafiado para morrer naquele armário. A verdade veio a mim quando reconheci o colar em formato de corvo pendendo em seu pescoço, uma réplica exata ao que eu estava usando naquela noite. Lembrei de tê-lo visto tantas vezes durante as sessões de histórias proporcionadas pelo meu Tio Gregory, que me segurava em seu colo e contava cada lenda como se fosse a melhor que eu escutaria em minha vida.

O monstro era o Tio Greg, porra.

Ou seja, meu pai havia mentido sobre o mesmo ter deixado Corvus Creek.

Ele nunca esteve desaparecido.

O meu pai não mentira a toa, já que isso precisaria o beneficiar de alguma forma – ou, melhor, ocultar algum de seus segredos. Procurei no fundo da minha mente qualquer pista que pudesse me ajudar a desvendar o que poderia ter acontecido... lembrei dos olhares entre meu tio e minha mãe, sobre como se sentiam mais confortáveis na presença um do outro, e, como a minha mãe abria um sorriso do tamanho do mundo sempre que recebíamos uma visita do mesmo. Se juntarmos as peças desse quebra-cabeça, podemos facilmente chegar à conclusão de que Gregory estava tendo um caso com a esposa do próprio irmão. Quando meu pai descobriu, decidiu que meu irmão deveria pagar por sua traição. Era uma teoria válida. Uma baita teoria, se eu posso assim dizer.

Ainda com as possíveis narrativas reverberando em cada canto da minha mente, a minha parte racional continuava na busca de uma maneira de sobreviver. Discretamente, coloquei uma mão para fora do esconderijo e tateei o topo da mesa atrás de qualquer objeto que pudesse me ajudar. Ciente de que cada centímetro do meu corpo para fora da mesa poderia ser arriscado, mantive o sangue frio até que meus dedos foram de encontro a um martelo. Agarrei a ferramenta e trouxe ao meu encontro, na torcida de que fosse o suficiente para enfrentar aquele homem que um dia me segurou em seu colo.

— Me desculpa, Tony... eu não queria te machucar. Eu achei que a Penny... ela me ama... desculpa... — eu aprenderia mais tarde como meu tio era diferente dos outros mortos, já que, de alguma forma, ele conseguia se expressar através de palavras desconexas. — *Ela me ama... Penny me ama... ela me ama, irmão...*

Ele começou a ficar mais irritado, empurrando com seus braços largos qualquer coisa que entrasse em seu caminho. Era questão de tempo até que chegasse a mim. Quer dizer, dois segundos depois ele realmente veio ao meu encontro, provavelmente atraído pelo livro. Dez segundos de extremo silêncio até que o rosto esquelético de meu tio surgisse e suas mãos frias agarrassem o meu rosto. A minha reação foi soltar o livro e desferir a martelada na direção do rosto daquele monstro, logo desvencilhado de qualquer tentativa de ataque e correndo na direção da janela aberta.

— *Clare, me abraça... eu te amo...* — pouco depois, a voz chorosa deu lugar a um grito doloroso de agonia. Com os braços esticados, ele correu atrás de mim.

Segurei o martelo o mais firme que conseguia enquanto tentava escalar a prateleira, mas não consegui me manter firme quando a criatura me puxou pela cintura e me levou de encontro ao concreto. Gritei alto quando a criatura deslizou para cima de mim, abrindo sua boca gigantesca e tentando abocanhar o meu rosto. Eu poderia ter aceitado que aquele seria o meu final, mas não, eu tinha uma família para a qual voltar. Não pensei duas vezes antes de quebrar os dentes do maldito com o martelo e impedi-lo de me morder, fazendo-o berrar ao ponto de que eu acreditasse na possibilidade daquele monstro também sentir dor física.

Liberta dos braços do meu agressor, cogitei que a melhor escolha seria correr na direção da porta de saída enquanto ainda havia tempo, pois escutava a voz feminina ao longe chamando pelo meu nome por diversas vezes. Contudo, se eu não *matasse* o morto, ele voltaria para me assombrar. Impedi que isso acontecesse ao acertar o crânio do mesmo com o martelo, ignorando totalmente os seus gritos de dor e continuando com a minha série de ataques. Não parei até que o cérebro do meu tio fosse apenas uma gosma nojenta que sujava as minhas roupas e o concreto abaixo de nós.

— Morre! Morre! Morre! Morre! — gritei tantas vezes durante todo o meu ataque de raiva, totalmente focada em sobreviver. Ficaria aterrorizada se me permitisse parar para pensar no que estava fazendo contra um membro da minha própria final. Não parei, nem por um segundo. Eu poderia lidar com os traumas mais tarde, como fazia durante a minha vida toda.

Com a certeza de que Gregory estava morto, não me permiti chorar e comecei a correr na direção das escadas, carregando comigo o martelo. Ao chegar no topo, constatei que a porta continuava fechada. Imediatamente entrei em pânico, tomada pelo medo de que aquele monstro desse uma de *Michael Myers* e retornasse para mais um combate. Eu precisava escapar.

"Clarisse! Clarisse! Me responde!"

– Baker? É você?! — gritei contra a porta, num misto amargo entre alívio e pavor. Logo, as lágrimas começaram a descer como uma enxurrada pelo meu rosto. Como uma criança, nunca me senti tão indefesa na vida. — Baker! Por favor! Me tira daqui!

"Se afasta, por favor!"

Dei dois passos para trás e a maçaneta foi estourada por um martelo de carne, permitindo que eu corresse na direção dos braços de Ash e Bethany. Eles estavam preocupados, por isso não se importaram com o quão nojentas estavam as minhas roupas, apenas me abraçaram até que eu parasse de tremer pelo medo. Diversas perguntas, mas nenhuma em que eu estivesse com condições psicológicas de responder com uma frase que tivesse mais de cinco palavras. Durante todo o tempo, mantive meu rosto afundado contra o pescoço de Beth, procurando me sentir em segurança e não me afogar em um oceano de paranoias.

Tio Gregory nunca tinha ido embora.

Tio Gregory tentou me matar.

Alguma coisa tentou me matar.

— Olha para mim. Olha para mim… — na segunda vez em que Bethany chamou a minha atenção, colocou as mãos geladas em meu rosto e me forçou a encarar diretamente os seus olhos claros. —Você saiu do porão. Você está segura.

Ironicamente, o universo mostrou que Bethany estava errada quando gritos ecoaram do segundo andar. Eram Faye e Kincaid. Com a possibilidade de os gêmeos estarem em perigo, Ash ignorou totalmente o medo que sentia e correu na direção dos gritos com a guitarra em seu ombro. Já Bethany levou os seus lábios de encontro aos meus, implorando para que eu usasse as minhas forças restantes para segurar sua mão e a acompanhar na corrida. Concordei. Eu confiava nela.

"Dallas! Dallas! Abre a porta!"

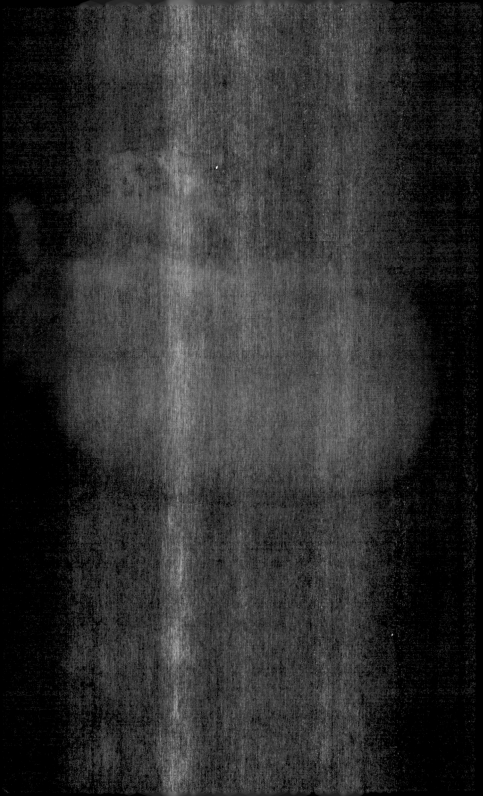

KINCAID CLAREMONT

Eu sempre me considerei como alguém calmo, mas, talvez, devesse ter cogitado a possibilidade de ser alguém que apenas continha a enxurrada de sentimentos dentro de si. Por isso, os minutos que se passaram desde a saída de Ash e Bethany pareciam uma tortura para mim, com um milhão de pensamentos correndo pela minha mente. Quantas paranoias diferentes nosso cérebro consegue formar em um espaço tão curto de tempo? Milhares.

Ainda de guarda em frente à porta, meus olhos permaneceram focados em uma Faye que lutava para estancar os ferimentos de Fox. Diferente de mim, ela não parava de chorar, desesperada ao pensar na possibilidade de não encontrarmos ajuda a tempo. Eu queria muito saber o que dizer para acalmar a minha própria irmã, mas nenhuma palavra deixava meus lábios. Eu não podia desmoronar na frente de ninguém, era contra as regras dos Claremont.

Por essa razão minha amizade com Dallas Fox era tão forte: eu podia ser quem eu quisesse ser perto dele, sem ser julgado. Eu queria inventar uma desculpa para não aparecer no treino? Dallas dizia que estava tranquilo. Eu questionei se era errado gostar de homens e mulheres ao mesmo tempo? Para Dallas, estava tudo bem. Eu chorava por conta de uma nota abaixo da média? Dallas dizia que tudo daria certo.

Dallas Fox era muito mais do que um amigo, era um irmão.

— Fa-Faye — gaguejei para tentar chamar a atenção de minha irmã, não conseguia pronunciar mais nada, como se todo o meu sistema nervoso estivesse entrando em colapso. Encostado contra a porta, deslizei em direção ao piso de madeira. Junto com a fraqueza, vieram as lágrimas. — Faye.

Faye correu ao meu encontro assim que percebeu o meu estado psicológico, ajoelhando próxima a mim e colocando as mãos gentilmente em minhas bochechas. Não conseguia encarar diretamente, estava com vergonha de ser visto chorando tão pateticamente. Era apenas na vergonha e em como havia falhado como amigo que eu conseguia pensar.

— Eu não o salvei, Faye. Eu não consegui.

— Ei, você tentou. Nós tentamos!

— Do que adianta tentar se o Dallas pode morrer há qualquer momento?! — questionei, ainda sem coragem de levar os meus olhos ao encontro de Faye. — Eu e você estamos falhando o tempo todo... toda santa vez. Os nossos pais estão certos.

— Isso é uma mentira, você sabe disso — Faye me envolveu com seus braços largos, encostando minha cabeça contra seu torso magro. — Conhecendo o Fox, você acha mesmo que ele não teria lutado por nós da mesma maneira que você lutou ali fora? Se a gente tivesse implorado para que ele corresse na frente, provavelmente teria chutado as nossas bundas e gritado para pararmos de falar besteira.

As lágrimas ficaram ainda mais intensas, sendo agora necessário agarrar no vestido de Faye na tentativa desesperada de me sentir seguro. Eu já havia me sentido daquela forma tantas vezes... fraco, sem conseguir me expressar, totalmente patético. A pressão causada pelos nossos pais estava tornando aquelas crises cada vez mais constantes e presentes na minha vida. Apenas minha irmã e Dallas sabiam disso, eram os únicos que podiam encostar em mim quando me sentia dominado pela agonia.

— Não permita que o papai e a mamãe contaminem seu cérebro com as próprias inseguranças deles, não agora. Você não falhou com o Dallas, nenhum de nós falhou — as palavras de Faye me trouxeram coragem para encarar os seus olhos castanhos. —Você não está sozinho nessa.

— Claro, eu sempre estive com você.

— E assim vai ser até o final — Faye afirmou. — Pensa comigo: você e eu vamos sair daqui com todos os nossos amigos. Nós dois vamos para a mesma faculdade, cursos diferentes. Frequentar até os mesmos bares e festas. Ainda vou fazer questão de esbarrar contigo todos os dias e questionar pro seu colega de quarto se você não voltou para dormir muito tarde... entendeu o que eu quis dizer? Vamos estar juntos até você enjoar de mim.

Um sorrisinho entristecido formou-se em meu rosto.

— Eu nunca vou enjoar de você, otária.

—Vai saber, eu não confio na palavra de homem — Faye devolveu o sorriso largo e prosseguiu em tom sério: — O importante é que você coloque na sua cabeça que tudo vai ficar bem, se não vai ser difícil arrastar esse seu traseiro para fora desse inferno.

Estava pronto para dizer que nunca seria necessário me carregar como se eu fosse um fardo, mas as palavras morreram em minha boca ao ressoar de um estrondo. O barulho havia sido provocado pela queda do machado de Dallas, que ao perceber a impossibilidade de arrastar o machado consigo para o banheiro da suíte, largou-o no chão e correu para fora do quarto. Ele não permitiu que tivéssemos chances de o alcançar, imediatamente trancando a porta e gritando para nos afastarmos. Apesar do curto espaço de tempo, eu consegui enxergar o quão pálido e doente estava o meu amigo.

Faye começou a bater contra a porta, queria forçar uma entrada.

— Dallas? Dallas! — chamei, já sentindo o pânico me possuir totalmente. Usei a minha pá para bater contra a madeira. — Nos deixe entrar, por favor!

— Dallas, o que aconteceu?! — Faye questionou com os lábios próximos da porta, levantando uma mão para que eu parasse com o meu ataque contra a madeira. — Está conseguindo me escutar? Eu *preciso* que você abra a porta. Não vamos te machucar.

— Dallas! Dallas! Abre a porta! — Sim, eu estava errado em não seguir o método calmo de Faye, totalmente desesperado. Não pensei racionalmente, voltei a chorar intensamente e a usar minha arma para tentar arrombar a maldita barreira que me separava do meu amigo. O pressentimento de que algo ruim estava prestes a acontecer era o que me motivava, como se minha ação naquele momento pudesse impedir o efeito borboleta.

Ash e Beth retornaram para o quarto acompanhados de Clarisse. Os dois primeiros correram até nós para questionar o que estava acontecendo, enquanto a acastanhada tomou a decisão de pegar o machado caído ao lado da cama e usar o mesmo para desferir ataques contra a porte. Pelo movimento repentino da garota, nos afastamos de imediato. Clarisse não escutou nenhum de nossos chamados, continuou com golpes até que a porta cedesse.

Todavia, quando Fox abriu a porta por livre arbítrio, todos do Clube do Corvo sabiam que era tarde demais para salvar o nosso amigo.

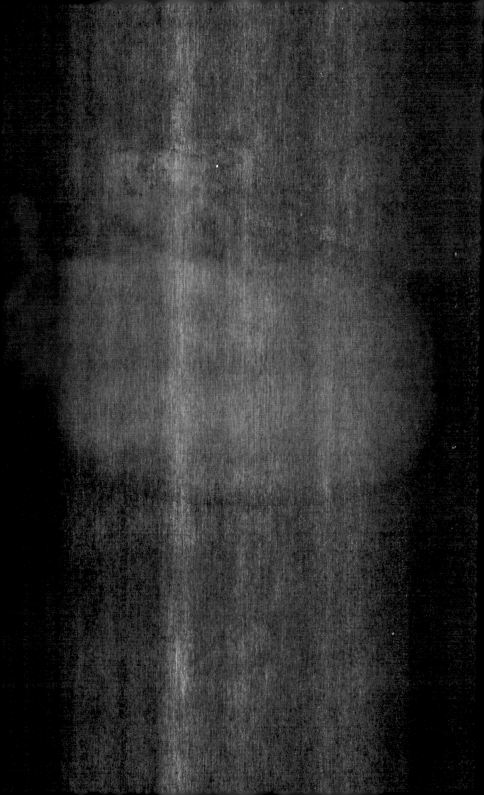

DALLAS FOX

De repente, as vozes dos Claremont pareciam tão distantes, que eu poderia jurar estarem ecoando de alguma outra dimensão. Por alguns segundos, não conseguia sentir todo o meu corpo ou o sangue que jorrava do meu rosto na direção dos lençóis. Nada parecia ser real.

Logo, era como se eu já não controlasse mais o corpo, marchando de modo desajeitado na direção do banheiro da suíte. Escutei os chamados dos gêmeos, mas não consegui pensar racionalmente até que trancasse a porta do banheiro e encarasse o meu reflexo no espelho da pia. O sangue não parava de jorrar do meu ferimento escurecido, empalidecendo a minha pele. Era como se eu estivesse morto, restando apenas fechar a tampa do caixão. *Morto.* Pensar em tal palavra me fez sorrir como um louco.

O sorriso foi substituído por lágrimas, enquanto cada grão de esperança deixava o meu corpo até que apenas restasse o medo e o desespero. Eu não queria morrer. Quem lutaria pelos meus amigos se eu morresse? Eu precisava proteger Clarisse, Kincaid, Ash, minha irmã... minha mãe.

Essa última que, de alguma maneira, surgiu logo atrás de mim e pousou gentilmente sua mão calorosa em meu ombro. Como que era possível que minha mãe estivesse naquele banheiro? Ela deveria estar no trabalho ou em casa com minha irmã.

— Eu não quero morrer, mãe — murmurei assustado.

As lágrimas vieram intensas ao ponto de enturvar a minha visão, forçando-me a segurar com ambas as mãos na pia do banheiro. Ainda assim, consegui sentir os dedos da minha mãe deslizando pelos meus cabelos, como ela já costumava fazer sempre. Aquele momento era uma despedida? Não tinha mesmo como voltar atrás? Ela era real ou um delírio da minha mente?

Não, aquela era a minha mãe. Era uma despedida real.

—Você não quer mesmo desistir, campeão? — ela questionou.

— Não... — as palavras saiam com dificuldade. — Eu não posso deixar vocês duas sozinhas. Eu não posso ir embora, como o papai foi embora. Eu vou lutar por vocês, mãe. Eu prometo.

— Mas as suas forças se esgotaram, Dallas...

— Não! Não! Não! — gritei contra o espelho. — Eu vou salvar meus amigos.

— É tarde.

— Não! — soquei o espelho durante o ataque de fúria ao ponto de ele rachar. Em poucos segundos, o interior da pia estava preenchido por pedaços de vidro. — Eu amo vocês demais. Não vou desistir... — confuso, segurei um dos pedaços de vidro com a mão direita. Sangue deslizou pela palma de minha mão, mas não se assemelhava a intensidade da dor pelo meu ferimento no rosto. Ergui novamente o olhar, encarando tanto o meu reflexo quanto o da minha mãe. — Como você conseguiu nos amar mesmo sabendo que fomos o motivo para o papai ir embora? Você devia nos odiar por destruir o seu grande amor.

— Nunca foi culpa de vocês, Dallas, você sabe disso — a mais velha pousou a cabeça em meu ombro, deslizando sua mão pelas minhas costas. — Por anos, o seu pai pode ter sido um ótimo marido, mas era um péssimo pai. Algumas pessoas não nasceram para ser pais e sempre fogem para longe da responsabilidade. Elas não sabem amar.

—Você acha que eu seria igual a ele, mãe?

— Jamais — ela sussurrou contra minha orelha. —Você e sua irmã seriam pais excelentes para os meus netos. Sabe como eu tenho certeza disso? Você é um ser movido por amor, que não esconde a intensidade desse sentimento para aqueles que você ama. Desde pequeno, você jurava que protegeria sua família até o momento de dizer adeus... esse momento chegou, meu campeão. É a hora de dizer adeus para suas duas famílias.

Neguei com a cabeça. Eu não queria desistir.

— Eu e a sua irmã amamos você.

— Eu preciso sair daqui... preciso dizer que esse amor é recíproco.

— Nós duas sabemos, está tudo bem.

— Não está tudo bem! — gritei mais uma vez, desesperado pela sensação dolorosa de uma despedida. A minha mãe estar no banheiro era uma ilusão. Desapareceu no momento em que levei o caco de vidro até o ferimento em meu rosto.

— Eu vou voltar para dizer que amo vocês, eu prometo.

Acreditei que poderia impedir o destino e não me transformar em uma das criaturas que nos esperavam fora da mansão, por isso, como já havia visto em alguns filmes, comecei a deslizar o vidro para arrancar o pedaço de pele contaminada. Não sentia dor alguma durante o ato de arrancar partes da minha bochecha e ponta do nariz, provavelmente anestesiado pela infecção. Em questão de minutos, partes cada vez maiores do lado esquerdo da minha face preenchiam o interior da pia. Não tinha mais controle algum sobre meus movimentos, totalmente movido pelo instinto de sobrevivência ao ponto de não perceber que logo estaria irreconhecível.

— Desculpa. Desculpa. Desculpa — balbuciei por diversas vezes.

"Dallas! Dallas! Estamos aqui!"

As batidas na porta pareciam cada vez mais altas, mas ainda tão distantes.

"Dallas! Abre a porta, amigo!"

O último pedaço de carne morta deslizou na direção da pia, assim como o vidro que escapou das minhas mãos ensanguentadas. Tudo o que me restou era encarar o reflexo das minhas ações e entender que Dallas Fox não mais existia, que eu era apenas uma casca vazia que nem mesmo meus amigos conseguiriam reconhecer.

Eles teriam medo de mim.

Eles nunca mais iriam me amar.

Eles poderiam morrer sem minha proteção.

Eu ainda chorava quando decidi caminhar pelo banheiro e abrir a porta, permitindo que todo o Clube do Corvo enxergasse o monstro que eu estava prestes a me tornar. Dei alguns passos para trás, enquanto um a um, eles entravam no banheiro. Kincaid tremia tanto que a pá escapou de suas mãos, diferente de Clarisse, que enquanto segurava o machado com ambas as mãos, escondia o próprio medo para transmitir confiança aos demais. Não consegui encarar nenhum deles por muito tempo, dando as costas e caminhando novamente até a pia do banheiro. Olhar para eles pelo reflexo do espelho era mais fácil, não me trazia vergonha por estar chorando pelo medo de morrer.

Não era uma despedida.

Tudo ficaria perfeitamente bem.

Percebi que a sentença acima era uma mentira quando notei a expressão de medo estampada no rosto de cada um dos membros do quinteto. Nada ficaria bem. Era realmente uma despedida. O fim da nossa amizade. Se aquele realmente fosse o fim, eu o aceitaria olhando diretamente para o rosto de cada uma das pessoas que eu amava. Assim o fiz, independente do meu rosto assustador, abrindo um sorriso choroso para todos os presentes. Um final trágico para uma amizade tão bonita.

—Vocês... me... salvaram...

Dallas Fox não era uma pessoa.

Dallas Fox não fazia mais parte do grupo.

Desabei sobre meus próprios joelhos, sem conseguir implorar por ajuda. Mantive o olhar em Kincaid, o meu amigo, durante todo esse momento. Ele tentou se aproximar para me ajudar, gritando e pedindo para que sua irmã o deixasse chegar perto. Faye estava certa. Era tarde demais.

O meu irmão de consideração merecia escutar as minhas últimas palavras. Ele deveria ouvir o quanto eu o amava e confiava nele para proteger toda a nossa família. Merecia saber que havia me salvo pouco tempo depois que meu pai foi embora, ao ser meu amigo e me impedir de seguir por um caminho de dinheiro fácil para sustentar minha casa. *Desculpa, Kincaid.*

Logo, restou apenas a escuridão.

BETHANY BAKER

Os instantes de silêncio pareciam se estender pela eternidade, com todos nós mergulhados em um oceano de luto e confusão. Todos queriam acreditar que Dallas não estava morto, mas ninguém estava com a coragem de dar o primeiro passo e se aproximar do atleta caído em uma poça de seu próprio sangue. Para muitos de nós, principalmente Kincaid, restava chorar como se não houvesse amanhã e esporadicamente chamar pelo nome do Fox. Mas para mim, que não tinha tido o tempo necessário para me conectar mais profundamente com o garoto, até mesmo o choque era doloroso.

Clarisse ainda estava parada próxima a porta, empunhando o machado. Diferente do restante, ela já havia estado frente a frente com a morte por tantas vezes, que era a única que reconhecia que era tarde demais para salvar Dallas. Ainda assim, chorava em tom doloroso.

— O que vamos fazer? — Clarisse interrompeu o silêncio.

— Precisamos levar ele para um hospital... — Kincaid começou a dizer, mas não conseguiu prosseguir, com a realidade logo batendo a porta. O brilho infantil nos olhos de Claremont estava tão apagado quanto a iluminação do cômodo. Ele sabia que o amigo estava morto. — Ash, quais são as chances dele se tornar uma das criaturas que vimos lá fora? Pode ser sincero.

O garoto da guitarra ainda estava em choque. Apenas retornou à "normalidade" quando um toque singelo de Faye o trouxe de volta para o momento, então respondeu o seguinte:

— As chances dele se transformar são bem altas, considerando o pessoal da festa. Não demorou mais do que alguns minutos para que eles estivessem de pé, assim como os mortos do cemitério. Eu ainda não tenho certeza se é um vírus ou maldição, mas sim, é contagioso. — Ash se forçou tanto a dizer as palavras com tamanha clareza, que não demorou muito para que irrompeu em lágrimas, sem conseguir responder mais nada. Qualquer pingo de esperança desapareceu num piscar de olhos.

Kincaid apenas assentiu, com os olhos focados no amigo caído.

— Não podemos apenas trancar a porta? — pela primeira vez, desde que Dallas desabou na frente de todos, decidi me manifestar.

— Quase derrubamos a porta para entrar. Não seria nada seguro — Faye respondeu, agora se aproximando do seu irmão gêmeo. — Ele é a nossa família, todos sabemos, mas não podemos deixar o Dallas andando pelos corredores desse jeito. Eu me recuso a permitir que a última lembrança que temos dele seja ele se transformando num dos mortos...

—Você quer que matemos ele?! — Kincaid interrompeu.

— Maninho, temos alguma outra opção?

— Podemos pensar em algo melhor...

— Não. Podemos libertar a alma dele, Kincaid. Nós temos essa chance!

— Eu não consigo deixar ele partir, Faye.

O silêncio ensurdecedor tomou o ambiente mais uma vez.

Sem aviso prévio para nenhum dos presentes, a Corvus se aproximou de Dallas e cravou o machado de lenha em seu crânio. O golpe de misericórdia não foi bem recebido por Kincaid, que gritou e precisou ser guiado na direção do quarto pela própria irmã. Ele estava com dor. Tentei cobrir as orelhas com as mãos, mas nem elas ou a touca em minha cabeça conseguiram me impedir de escutar os gritos do Claremont. As lágrimas que tanto segurei finalmente vieram em uma enxurrada de agonia.

Ash também estava em prantos, mas ele sabia que precisava se recompor para ajudar Faye a lidar com o irmão. Por isso, tocou o ombro de Fox como um sinal de despedida e apressou o passo na direção do quarto principal.

No fim daquele cenário doloroso, restavam apenas eu, Clarisse e o machado ensanguentado em suas mãos. Me aproximei com cuidado da garota e pousei uma mão em suas costas, apenas para mostrar que eu estava por perto e que ela poderia confiar em mim. Contudo, ela não conseguia olhar diretamente, perdida em milhões de pensamentos enquanto encarava o corpo de Dallas. Será que ela entendia que não era uma assassina? Que a sua decisão foi necessária para salvar a todos nós?

Eu não tinha a resposta para tais questionamentos.

Clarisse me ignorou ao remover o machado cravado no corpo e marchar na direção de um dos cantos escuros do banheiro. Sentou bem ali, encarando o vazio. Ainda pensei em deixar a garota sozinha por alguns instantes, mas quando lembrei do que havia acontecido quando a permiti seguir desacompanhada para o porão, desisti de tal ideia. Como num filme, seria ideal evitar que qualquer um de nós ficasse desacompanhado. Se eu fosse ficar, então teria que a ajudar. Enfim, molhei a minha touca na pia e segui até Clarisse para me ajoelhar ao seu lado.

— Posso limpar seu rosto, Clare?

Ela assentiu, fraca e confusa.

— Certo — cuidadosamente deslizei o tecido molhado pelo rosto da garota, removendo aos poucos as manchas de sangue em suas bochechas magras. Ela encarava o vazio como se estivesse enxergando uma outra dimensão, por isso fiquei preocupada. Como eu poderia me preocupar tanto com alguém que havia conhecido naquele mesmo dia? Havia algo em Clarisse Corvus. Era uma espécie de conexão. Talvez fossem as nossas histórias de traumas familiares ou o sentimento de desejo compartilhado pelo beijo na sala. — Você sabe que eu estou do seu lado, não sabe?

—Você não me conhece, Bethany.

— Conheço o suficiente para entender que você está com dor.

—Amar exige sacrifício. Você consegue entender?

— Consigo, claro — encarei o rosto agora limpo de Clarisse. Se eu quisesse que a Corvus confiasse em mim, teria que também me abrir quanto aos meus traumas de família. Mas eu tinha medo de pensar ou falar sobre. — Eu amava tanto a minha mãe, por isso passei anos naquela fazenda apenas para cuidar dela. O que mudou? Como eu disse, eu percebi que Blake, o meu irmão, poderia se machucar se continuássemos ali. Eu sacrifiquei a minha mãe para salvar o meu irmão.

Clarisse segurou a minha mão.

— Sacrifique o que for necessário por aqueles que você ama.

Em um movimento pelo qual eu estava ansiando, Clarisse curvou seu corpo para frente e selou novamente os nossos lábios. Nos sentimos seguras naquele momento, protegidas pelos toques de nossas línguas e as mãos que se mantinham conectadas uma à outra.

Ela apertou meu rosto com suas mãos frias e sussurrou em meu ouvido:

— Obrigado por isso.

Sem mais delongas, Clarisse me arrastou na direção do quarto, parecia determinada a encontrar um modo de escaparmos da mansão. Entretanto, o restante do grupo estava abalado pelo luto, cada um lidando de sua própria maneira: Ash preferiu se isolar num dos cantos do cômodo; Faye decidia focar somente nos sentimentos do irmão, implorando para que o mesmo descansasse um pouco; Kincaid ignorava sua gêmea, vasculhando cada gaveta e armário do quarto.

— O que está procurando? — questionei ao atleta.

— Uma arma.

— O que te faz pensar que meu pai teria uma arma? — Clarisse se intrometeu.

— O seu pai era um quarentão branco de classe alta, você acha mesmo que ele não teria uma arma em casa? — ele rebateu em tom irônico.

— Golpe baixo, Kincaid.

Clarisse não sustentou nenhuma briga, caminhando diretamente até o cofre presente no quarto, abrindo-o com uma senha decorada. Do interior do cofre de aço, retirou um revólver carregado. O grupo ficou em choque pela presença de uma arma no recinto.

— Algum de vocês sabe usar? — perguntou Clarisse, segurando a arma de modo firme para não disparar acidentalmente contra alguém.

— Não acho que seja uma boa ideia — opinei, pronta para me basear nos poucos fatos que eu conhecia sobre mortos-vivos. — Eles são atraídos pelo barulho, não são?

— É para emergências, Beth — esclareceu Kincaid. — Pensa comigo: se você for infectada, bem melhor receber um tiro de piedade do que um amigo cravar o machado na sua cabeça. Não estou, Clarisse?

— Chega — Faye cortou as provocações do irmão contra a Corvus. Sem medo e pronta para assumir uma liderança, ela caminhou na direção da aniversariante e segurou a arma em mãos. — Eu posso ficar com a arma. Estão todos de acordo? — ninguém discordou. — Diferente do meu irmão, eu achava legal acompanhar o papai nos treinos de tiro. Posso não ser uma atiradora de elite, mas pelo menos garanto que não vou atirar em ninguém por acidente.

Antes que alguém fizesse um comentário, as trovoadas ficaram mais intensas. Era questão de tempo até que uma das janelas do primeiro andar acabasse se estilhaçando e permitindo a invasão da multidão de mortos-vivos. Se isso acontecesse, apenas a porta do quarto não nos manteria protegidos até o nascer do sol ou a chegada da emergência. Era hora de pensar em um novo plano e Faye sabia disso.

— Encontrei algo no porão — Clarisse anunciou para todos.

— O que?

— Preciso mostrar ao vivo — ela respondeu Faye. — Eu garanto que se eu falar, vocês não vão acreditar. Vocês todos precisam enxergar com os próprios olhos.

— Alguém discorda em sairmos, pessoal? Podemos ir? — Faye era uma boa líder, sempre pedindo nossa opinião antes de tomar qualquer decisão.

Pela segunda vez, ninguém discordou.

Clarisse seguiu na frente, iluminando o caminho com o isqueiro. Sem delongas, Faye e Ash foram logo atrás da garota. Todavia, permaneci com Kincaid, para que ele tivesse uma companhia durante sua despedida para com o seu amigo de infância. Apesar do meu senso de proteção julgar como errada essa implicância do rapaz com a Corvus, eu conseguia entender que suas falas e ações eram efeitos colaterais de seu luto recente.

Como um gesto de despedida, o atleta carregou o amigo em seus braços e posicionou-o gentilmente em cima da cama de casal. Jogou um lençol por cima de Dallas e ainda segurou a mão do parceiro uma última vez, agradecendo por tudo.

A despedida do Claremont apenas chegou ao fim quando constatou que teríamos de correr para alcançar os outros e que ficarmos sozinhos poderia ser bem arriscado. Concordei e abracei meu amigo o mais forte que consegui, pois eu tinha certeza de que ele precisava desse abraço. Era doloroso pensar em como seu sorriso radiante havia desaparecido, sendo substituído por uma expressão entristecida. Kincaid ainda conseguiu abrir um sorriso tristonho antes de nos liderar para fora do quarto.

Esse era o nosso adeus para Dallas Fox.

FAYE CLAREMONT

quanto você vai me pagar para eu acreditar que você desceu aqui e já estava tudo arrumado desse jeito? — Assim que chegamos ao porão, questionei para Clarisse no tom mais inquisitivo e desconfiado já existente na face da terra.

Sejamos honestos, se aquele realmente era uma espécie de ritual para despertar uma maldição, o responsável precisava estar planejando há alguns dias. O sangue de animais, a quantidade de velas apagadas, o tal furto do livro... não era uma coincidência. Levando em conta que Clarisse nos disse que havia ficado misteriosamente presa no porão, não consegui evitar de criar suspeitas.

— Eu juro para você, Faye — Clare entregou o tal *Necroterium* nas mãos de Ash. O garoto de cabelos azulados contorcia o nariz diante da capa produzida em couro animal, mas agora folheava algumas páginas. Já eu, me preocupava mais em tentar entender se havia uma pessoa ou criatura responsável por toda aquela noite de terror. —Você não acha que alguém poderia ter invadido a mansão? Ou que, sei lá, se existem mortos-vivos, também não pode existir outra criatura ou entidade que queira realizar o ritual?

— Quem mais poderia ser, Clare? Ash e eu ficamos na sala de estar até decidirmos ir ao cemitério. Dallas e Kincaid basicamente bancaram os animadores de torcida na frente de várias testemunhas lá fora — mas nem todos tinham um álibi, ainda havia uma pessoa que teria espaço de tempo o suficiente para descer ao porão enquanto ninguém estava vendo. Alguém que poderia trancar Clarisse ali embaixo antes de correr para a porta de entrada. — O quanto vocês conhecem da...

— Não, não foi ela! — Clarisse defendeu Bethany sem pensar duas vezes, sendo a primeira vez na noite em que sua voz se exaltou diante dos eventos. — A garota acabou de chegar na cidade, você acha mesmo que ela teria tempo para planejar algo dessa proporção? Por qual razão, Faye? Ela não tem ligação com a minha família ou Corvus Creek.

— Até onde você sabe — a minha intenção não era trazer ainda mais paranoias para a mente de Clarisse, mas eu precisava ser esperta o bastante para salvar meu irmão e Ash. Eu amava a garota que estava em minha frente, porém eu não podia arriscar a vida dos meninos confiando em duas pessoas que poderiam muito bem serem culpadas por aquele terror.

Ash ainda folheava o livro esquisito quando a minha conversa com a de cabelos castanhos foi cortada pela chegada dos membros restantes do grupo. Notei que meu irmão não conseguia esconder o quanto estava abalado, porém se esforçou para abrir um sorriso choroso para mim. Ele entendia minha dor, da mesma forma que eu entendia a dele. Ambos havíamos perdido nosso amigo de infância, afinal.

— Clare, o que você sabe sobre esse livro? — perguntou Ash, quebrando a onda de silêncio que havia se instaurado pela chegada de Bethany.

— Não muito. Lembro dele por conta da minha mãe me proibir de brincar com ele, dizia que era uma espécie de relíquia da minha avó. Além do mais, já fazem seis anos desde a última vez que pisei na mansão — a Corvus não tinha muitas respostas para fornecer. — Eu notei o sumiço do livro hoje mais cedo, mas não o procurei. Não sei qual é o conteúdo do mesmo.

— Acredito que sejam ritos em latim, levando em conta a estrutura dos versos — Ash deixou com que o livro de mão em mão, ressaltando que a formatação dos textos parecia muito a de uma poesia. — Eu sou péssimo em latim, mas acredito que seja um livro de feitiços. Eu sei, parece uma loucura..., mas considerando tudo o que passamos até aqui, já temos certeza de que é uma maldição.

Kincaid parou de folhear o livro em uma página marcada por um fitilho vermelho, deslizando o dedo indicador por gravuras de lápides de cemitério. Torci internamente para que as aulas de latim de meu irmão finalmente mostrassem utilidade.

— *"Em nome de Necroterium, o Deus dos Mortos, eu choro em memória dos que partiram em vão. Corto assim as minhas próprias amarras ao presente, orando pelo levantar dos receptáculos. Almas vem, almas vão. Para a terra que me aflige de dor, por dor será tomada. A dor dos mortos. A dor dos feridos. A dor dos que retornam por vingança. Necroterium, ó Deus coberto pela maldade, permita-me partir em missão de levantar os receptáculos. Digo adeus para as minhas amarras. Até o bater da meia noite, condeno a vida pelo medo da morte."*

— Bela leitura — Bethany elogiou a leitura de Kincaid, quebrando o clima de horror.

— Certo... — julguei que, para entendermos o que estava acontecendo, teríamos de fazer uma interpretação de texto após aquela leitura coletiva. Sem mais delongas, trouxe o primeiro tópico para discussão: — O que seriam os receptáculos? Os mortos lá fora?

— É uma boa hipótese — concordou Ash. — Acredito que tenham sido levantados os cadáveres de pessoas que foram afligidas por dor durante a vida. Levando em consideração que tínhamos mais de uma centena de vítimas de suicídio no cemitério, a maioria deve ter sido ressuscitada como espécie de vingança.

Clarisse também concordou, acrescentando:

— O feitiço se encerra dizendo que o terror continua até o bater da meia noite. Acredito que essa seja a parte mais fácil de compreender. Não falta muito para a virada do dia, certo? — Chequei o relógio no pulso de Ash, faltava uma hora e dez minutos para a meia noite. — Se essa informação estiver correta, precisamos sobreviver até o bater do relógio. Acho que é possível.

Um novo objetivo me trouxe a confiança de que nós cinco poderíamos sobreviver. Empunhei novamente o revolver em minha mão, dessa vez de modo mais firme. Com todos os olhos focados em mim, como se eu fosse uma espécie de líder, continuei com a discussão sobre o livro:

— O que nós entendemos? Alguém ou alguma coisa fez uso de um dos encantos do livro para que Satã ou alguma espécie de Deus revivesse os mortos do cemitério. Eles vão continuar a matar até a meia noite chegar, pelos próximos setenta minutos — fiz um rápido resumo da situação para que todos do grupo estivessem na mesma página. — Resta sabermos o que seriam as amarras com a vida. Talvez elas sejam a principal razão para entender a motivação.

As luzes da mansão retornaram nesse mesmo instante e nos impediram de continuar com as teorias. O porão logo foi iluminado, assim como boa parte dos cômodos de toda a residência. O alívio estava estampado no rosto de alguns dos membros do grupo, apesar da sensação de incerteza no ar. Ash parecia sentir o mesmo, já que abraçou *Necroterium* contra o próprio peito como uma criança seguraria um de seus brinquedos.

A confirmação de que minha paranoia chegou quando todos escutaram uma melodia vinda do andar acima de nossas cabeças. Percebendo como o som poderia atrair os mortos, todos correram apressados para fora do porão atrás da origem da música. Como Bethany e eu não carregávamos armas pesadas como o restante, fomos as primeiras a chegar na sala de estar.

"*Ooh, baby, do you know what that's worth? Ooh, Heaven is a place on Earth.*"

O retorno súbito de energia havia ressuscitado a jukebox consertada por Kincaid, permitindo que a voz de Berlinda Carlisle fosse transmitida no último volume. Nunca xinguei tanto um objeto na vida, garanto. Não consegui me aproximar do objeto antes que fosse tarde demais, com os mortos agora se lançando em euforia contra as entradas, invadindo a mansão outrora segura. Em questão de poucos versos, portas eram derrubadas e todas as janelas estilhaçadas em pedaços.

Era tarde demais para desligar a maldita música.

They say in Heaven, love comes first. We'll make Heaven a place on Earth.

Mas que inferno!

PARTE 4
SACRIFICIUM

"Quem que deixou essa porra de jukebox ligada?!"
— Morgue, Ash. 06 de junho de 2006.

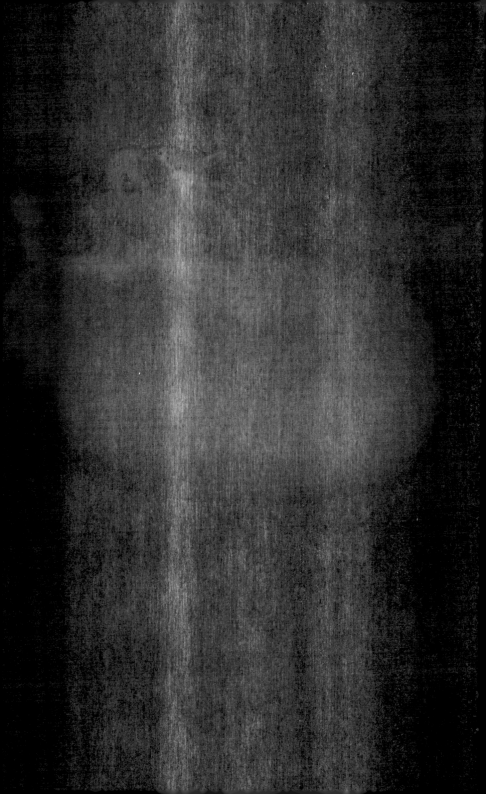

CLARISSE CORVUS

uem que deixou essa porra de jukebox ligada?! — no corredor, Ash gritou para todos ouvirem, enquanto enfiava o livro dos mortos no interior de sua cueca. Com ambas as mãos libertas, conseguiu usar a guitarra para acertar a cabeça de uma zumbificada gótica. Mais sangue jorrou na minha direção quando meu melhor-amigo finalizou a morta com mais um ataque.

A música parecia ficar cada vez mais alta conforme os mortos chegavam de todos os cômodos, correndo e saltando em nossa direção como cachorros eufóricos. Claro, eu não tinha muita força física para empunhar perfeitamente o machado, mas era ágil o suficiente para conseguir evitar que eles me cercassem - diferente de Kincaid, que era grande demais para simplesmente desviar, então precisava afundar a pá em diversos corpos esqueléticos que surgiam em seu caminho para a sala de estar.

When you walk into the room. You pull me close, and we start to move.

Entramos na sala de estar, observando como Faye e Bethany eram cercadas por alguns atletas do time de beisebol. A líder buscava não utilizar a arma de fogo, fazendo uso da estratégia de desviar das mãos dos mortos; enquanto isso, a Baker iniciou um combate físico contra um dos jogadores, desferindo socos enquanto suas costas eram prensadas contra o jukebox.

Kincaid correu para ajudar a irmã contra os brutamontes, enquanto Ash permaneceu próximo ao corredor para impedir que mais mortos invadissem a sala de estar, descendo a guitarra contra a cabeça de qualquer zumbificado. Se alguma vez eu zombei da frase "a prática leva à perfeição", me arrependo profundamente. Estávamos ficando bons em acabar com aqueles mortos – e aos poucos, esquecendo de como uma parte daquelas criaturas eram pessoas que se importavam conosco. Bem ali, em meio ao caos que se instaurou na Mansão Corvus, tudo o que importava era sobreviver.

Por isso, não hesitei em cravar o machado contra as costas daquele que atacava Bethany. Não foi o suficiente para o matar, mas fez com que ele soltasse a loira e voltasse totalmente sua atenção para mim. Sem o meu machado, eu estava indefesa contra o ataque iminente.

In this world, we're just beginnin' to understand the miracle of livin'. Baby, I was afraid before. But I'm not afraid anymore.

Ao fim do verso, Bethany puxou o machado preso das costas do morto e desferiu um ataque certeiro contra a nuca do atleta. Ele caiu aos nossos pés e iniciamos uma série de chutes para garantir que ele estava realmente morto. Com a garantia de que o loiro zumbificado não voltaria para nos atacar, Bethany me entregou o machado e permitiu que eu atacasse a jukebox. Aos poucos a voz de Belinda parecia tão falha e distante quanto as nossas chances de sair com vida da mansão. Em certo momento, havia apenas os sons dos trovões e os grunhidos dos mortos.

Os mortos dominavam completamente o ambiente, era tarde demais. Nossa única saída seria encontrar um cômodo seguro na mansão, já que os zumbificados continuavam a entrar por cada porta e janela do primeiro andar. Logo, seríamos dominados pelo cansaço da luta.

— Biblioteca! Agora! — Faye gritou para todos e correu escada acima com o irmão.

Todo o grupo subia pela escada na direção do sótão, enquanto os mortos se acumulavam logo atrás de nós, lutando com unhas e dentes para nos alcançar. Eles não eram lentos, nem eram silenciosos. Por isso, mesmo se eu fechasse os olhos, ainda sentiria o pânico por aquelas criaturas estarem há centímetros de minhas costas. Um escorregão e tudo estaria acabado.

Por pura sorte (e velocidade), chegamos com vida ao fim da escadaria que nos levaria ao sótão. Faye abriu a porta para todos. Bethany e eu fomos as últimas a entrar no cômodo, bloqueando a porta logo atrás de nós com o peso de nossos corpos.

— Não temos outra saída — Kincaid anunciou para todos. Em questão de segundos, ele já andava por todo o cômodo atrás de uma passagem para escapatória. — Não tem saída! — sem ar, o atleta até verificou a possibilidade de sairmos pela enorme janela circular do sótão. Sem chance Era demasiadamente alto e arriscado.

Quando senti os mortos se acumulando do outro lado da porta, sedentos para nos devorar, fechei os olhos e mantive os pés firmes no chão. Também procurava no fundo da minha mente alguma lembrança que pudesse nos ajudar. Eu sabia que existia uma saída de emergência no cômodo, apenas não conseguia trazer a memória à tona. Estávamos ficando sem tempo.

— Retirem todos os livros! — ordenei para Ash, Kincaid e Faye, apontando para a prateleira de livros favoritos por Bárbara Corvus. Conseguia lembrar de modo vívido como meu pai havia ensinado a mim e aos meus irmãos como ativar uma passagem secreta para o caso de invasores ou um incêndio na mansão. Peter e Clarke não se interessaram pelo assunto, mas para mim, não havia nada mais legal no mundo. Nosso pai não tinha certeza sobre as razões para a construção dos túneis secretos, apenas sabia que a passagem levava em direção ao subsolo e, consequentemente, para fora da residência.

Os três obedeceram ao meu pedido, correndo na direção das prateleiras de livros sobrenaturais e removendo cada exemplar. Em poucos segundos de desespero, foram capazes de retirar 70% dos livros, ativando o mecanismo. A estante se moveu para frente, depois para o lado direito e abriu a porta de acesso para uma escadaria escura. Eu estava certa.

Não houve tempo para comemoração, já que os mortos conseguiram empurrar a porta e invadir o cômodo em um piscar de olhos. Para não ser atacada, impulsionei o meu corpo e o de Bethany para a direita, evitando que os monstros nos notassem naquele primeiro momento. Continuei abraçando o corpo de Bethany com a intenção de a proteger, enquanto conseguia enxergar o tsunami de mortes correndo para a passagem secreta, tentando alcançar Ash e os irmãos Claremont. As chances de nós duas usarmos aquela saída foram assassinadas. Logo, os nossos inimigos restantes perceberiam que não estavam sozinhos na biblioteca.

Bethany pensou o mesmo e por isso me puxou rapidamente na direção da janela circular, pedindo para que eu continuasse engatinhando. Passamos despercebidas aos olhares dos mortos, fazendo uso das mesas e estantes em nosso caminho. Enquanto eu ainda arrastava o machado comigo, Bethany ocupou suas mãos vazias com um exemplar em capa dura de "*Os Miseráveis*". Fiquei confusa sobre a utilidade do livro até que a loira decidiu o usar como um tijolo e arremessar o exemplar contra a janela. Em um piscar de olhos, o livro escrito por Victor Hugo permitiu que os ventos intensos da tempestade invadissem o cômodo, assim como milhares de cacos de vidro. Contudo, tal ação também chamou a atenção dos mortos remanescentes.

— Qual o seu plano?! — questionei para a loira.

— Quem que precisa de um plano?

Saímos pela janela, extremamente cuidadosas para não escorrer pelo telhado molhado. Era difícil manter o equilíbrio por conta dos ventos fortes e por estar carregando um machado, acreditando que a calma de Bethany poderia nos salvar de um fim trágico. Ela respirava fundo, sabendo exatamente onde e quando pisar, até chegarmos na ponta do telhado.

Ainda assim, as chances de pularmos e nos machucarmos seriamente eram enormes – o que já não era uma preocupação para os mortos, os quais tentaram nos seguir e escorregaram em direção ao gramado. Não podíamos saltar pela queda ser brutal. Não havia como voltar para a biblioteca pois os mortos já estavam a nossa esperada. Não existia possibilidade de ficarmos paradas e esperando até que um dos mortos deslizasse em nossa direção e nos carregasse junto a si para a morte.

— Você confia em mim? — questionou Baker, com os olhos focados numa pilha de mortos próximos à varanda de entrada. Era um risco saltar com a crença de que iríamos cair exatamente em cima dos corpos, mas era uma tentativa. Uma tentativa que poderia nos matar.

Não havendo outra escolha, respondi:

— Confio.

KINCAID CLAREMONT

Os corredores da passagem secreta pareciam cada vez mais compactos à medida em que descíamos os degraus em direção ao subsolo. A multidão de demônios estava logo atrás de nós, lutando uns contra os outros em busca de espaço. Era como estar descendo para o inferno.

Talvez fosse pelo cansaço da luta, mas a minha mente conseguia visualizar Dallas, ao ponto de que eu imaginava que ele estava correndo ao nosso lado. Conseguia devanear até sobre momentos mais à frente: Dallas sendo socorrido conosco quando encontrássemos as autoridades; Fox ingressando em Cambridge junto a mim e Faye, com a esperança de que teríamos os melhores anos de nossas vidas; Ele conseguiria se formar em direito, dando as condições de vida que a mãe e irmã mereciam; E, de quebra, um dia, ambos encontraríamos o amor de nossas vidas.

Viver sem a companhia de Dallas não fazia sentido.

Essa sensação de que meu irmão estava ao meu lado foi o que me motivou a continuar correndo logo atrás de Ash e

Faye, sendo arrastado pelo abraço. Ao chegarmos ao fim da escadaria, o de cabelos azulados guiou nosso caminho pelos extensos corredores que passavam por debaixo da mansão. O pior era pensar na possibilidade de entrarmos em um corredor sem saída, já que as forças para mais uma luta estavam reduzidas. Mas confiamos um nos outros até o fim. Juntos, teríamos a sorte de encontrar uma saída fácil daquele inferno subterrâneo.

Por conta do espaço mais amplo dos túneis, os mortos conseguiam correr com mais facilidade e diminuir a vantagem que tínhamos até então sobre eles. A situação arriscada nos motivou a ignorar completamente o receio do que poderia estar se escondendo na escuridão e correr por cerca de um minuto, até chegarmos ao final do túnel. Avistamos uma escada metálica com cerca de três metros de altura e acesso para uma escotilha de saída.

Ash sabia que nosso tempo era curto, então ajeitou o *Necroterium* no interior de suas calças, colocou a alça da guitarra no ombro e subiu na direção da escotilha. Rapidamente chegou ao topo, mas ao empurrar a porta com uma das mãos, notou como ela não se movia. Em tom desesperado, anunciou:

— Não se movam, pessoal! Fodeu!

— Como assim não se move, Ash?! — Faye questionou, mesmo sabendo o motivo para a porta não se mover facilmente: era velha demais. Assim que escutou a aproximação dos mortos, Faye apontou o revólver para a entrada do corredor. Não haviam balas o suficiente e o barulho nos colocaria em um risco ainda maior, mas ela precisava de confiança para pensar num plano. — Deus te deu dois punhos, Morgue! Faça uso deles!

Ele não ousou discordar, abriu um sorrisinho e desferiu uma série de golpes contra a escotilha na tentativa de forçar uma abertura. Sem medo de se desequilibrar, Ash usava ambas as mãos numa tentativa de salvar nossas vidas.

Enquanto isso, busquei ganhar tempo ao dar alguns passos mais ao centro do corredor e acertar com a pá o primeiro morto que conseguiu nos alcançar. O maldito esquelético desabou para trás e aproveitei a oportunidade para desferir um ataque final contra o seu crânio.

Entretanto, os mortos foram se acumulando ao meu redor. Em meio a luta que durava minutos, um dos cadáveres se jogou contra mim e me forçou a soltar a minha arma. Sem muitas opções, comecei a fazer uso dos meus próprios punhos para espancar os meus inimigos. As minhas mãos sangravam, mas eu não pensei em parar nem por um segundo, afinal estava lutando para salvar Ash, Faye e Dallas.

— Consegui, cambada! — Ash anunciou aos risos, já lançando seu corpo magro para o lado de fora da escotilha. Sendo molhado pela chuva, o de cabelos azulados esticou a mão para dentro do buraco e gritou para apressarmos o passo. — Estamos bem em cima do cemitério! Fodeu de novo! — Um fato que não era nada animador.

— Faye, você sobe primeiro! — gritei para a minha irmã, que até então lutava ao meu lado, desferindo coronhadas contra os mortos. Ela cogitou discordar, mas era esperta o bastante para entender que aquele não era o momento para seguir com clichês. Por isso, correu na direção da escada e escalou rapidamente até agarrar a mão de Ashton. Fácil.

A minha subida já não seria tão fácil, considerando que os mortos se multiplicavam de todos os lados possíveis ao ponto de me fazer ter uma crise de pânico. Empurrei todos do meu caminho e finalmente meus dedos tocaram na escada metálica, iniciando assim a minha ida ao topo. O pior veio a acontecer quando eu estava quase alcançando as mãos dos meus amigos, um dos mortos conseguiu saltar contra mim e morder a parte inferior das minhas costas. O choque não me permitiu sentir a dor das mordidas contra as minhas pernas ou a chuva que atingia o meu rosto, era como se eu estivesse anestesiado ou perdido em outro mundo. Entretanto, eu me sentia arrependido por não ter sido rápido o suficiente para alcançar o topo. Era tarde demais para mim, assim como para Dallas

Nunca esquecerei os olhos chorosos da minha irmã, enquanto gritava pelo meu nome e implorava para que eu continuasse subindo a escada. Ela me motivou a lutar contra as mordidas para segurar a sua mão uma última vez.

— Kincaid, não! Por favor! Por favor! — Faye entrou em pânico ao perceber que eu não estava cooperando com seus esforços para que eu chegasse na superfície. Ela sabia que isso não iria acontecer. No fundo, minha irmã sabia que eu jamais permitiria que ela ou nossos pais enfrentassem o mesmo sofrimento pelo qual passamos com Dallas. Não seria justo. — Ei! Ei, Kincaid! Você está me ouvindo?! Por favor! Por favor!

Faye não queria me soltar, não poderia me deixar partir.

— Você vai conseguir, maninha! — gritei de volta, torcendo para que o barulho causado pelos mortos ou pela tempestade não a impedissem de escutar o que eu precisava dizer. — É assim que acaba. — Eu não chorava por conta da dor, e sim por não ter conseguido ser forte pela minha irmã. Aquele seria o nosso adeus.

A minha consciência desaparecia por conta da perda de sangue, mas eu ainda conseguia ver Faye, como a luz no fim de um túnel do qual eu nunca iria fugir. A dor era perceptível em sua expressão chorosa, mas diferente de segundos antes, ela entendia que eu não queria continuar lutando. Por isso, Faye soltou uma das minhas mãos para conseguir empunhar o revólver.

Com as mãos estremecidas, minha irmã apontou o revólver na direção do meu rosto. Fechei os olhos, permitindo-me vivenciar os momentos com Faye. Não apenas as memórias, mas também quais eram meus desejos para o futuro. Tínhamos tantos planos juntos, eu nunca cansei de os passar em minha mente todos os dias, como um mantra diária. Doía saber que não estar ao seu lado quando ela entrasse na faculdade, nem quando encontrasse o seu grande amor ou precisasse conversar sobre como os estágios de medicina eram exaustivos. Talvez, do outro lado, eu conseguisse assistir tudo acontecendo. Todavia, eu tinha certeza de que ela ficaria bem sem mim e que um dia conseguiria seguir em frente, se permitindo ser feliz. Eu sempre acreditaria na minha irmãzinha.

— Eu te amo — murmuramos em uníssono, antes de Faye apertar o gatilho.

Essas foram as últimas palavras as quais falei.

Essas foram as últimas palavras as quais escutei.

Eu sempre vou te amar, Faye.

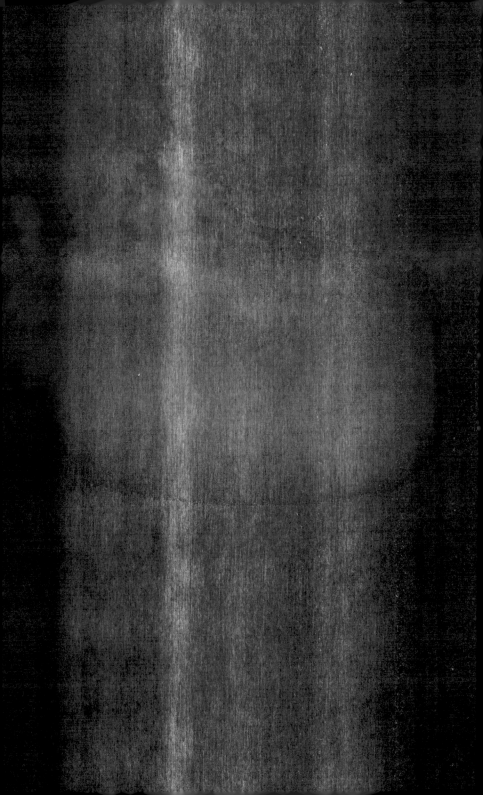

BETHANY BAKER

Eu não tinha medo da minha mãe.
Eu não tinha medo dos mortos que corriam atrás de nós.
Pela primeira vez na minha vida, eu não tinha medo de nada. Me sentia corajosa o bastante para tomar qualquer decisão que fosse necessária para sobreviver, e estava funcionando, já que nem mesmo uma queda numa pilha de corpos conseguiu me deter. Afinal, eu não estava lutando apenas por mim,, mas também por Clarisse. Conseguia visualizar claramente o momento em que nós duas chegássemos aos portões, finalmente libertas do pesadelo da mansão Corvus. Pensava em como estaríamos lado a lado até que chegássemos na área residencial da cidade, procurando o primeiro telefone que surgisse em nosso caminho para pedir ajuda. Ainda juntas, sentaríamos na calçada, aguardando a chegada dos carros de polícia.

Eram esses os pensamentos que me motivaram a empurrar qualquer morto que surgisse em nosso caminho dentro do bosque, ainda com a tempestade caindo sobre nós duas. Como se nós estivéssemos nos momentos finais de um filme de terror, a sensação de segurança parecia cada vez mais próxima. Por isso, eu lutava, mesmo sem uma arma ou solicitar para que Clarisse me entregasse o machado que carregava em suas mãos. O meu foco estava em seguir pela rota mais segura até o portão.

Pensei em Blake, meu irmãozinho, provavelmente deitado e aconchegado em sua cama, alheio a possibilidade de sua irmã mais velha ser devorada por cadáveres ressuscitados por uma maldição. Talvez ele nunca chegasse a saber o quanto lutei para voltar aos seus braços. Talvez meu irmão sentasse na frente de nossa casa, pela manhã, aguardando o meu retorno. Talvez o pequeno nem mesmo tivesse certeza do quanto eu o amava.

Não. Blake sabia o quanto eu amava, sempre soube.

Um dia, talvez eu também amasse Clare, a garota com quem tive a conexão mais rápida de minha vida. Ambas lutando contra nossos traumas e fantasmas do passado, unidas na tentativa de sonhar com um futuro melhor. Esse meu desejo parecia tão próximo quanto o portão de entrada da propriedade, que agora eu conseguia visualizar há alguns metros mais à frente. Estávamos muito perto para desistir, por isso eu pensava em maneiras eficazes de escalar a saída sem chamar a atenção dos mortos.

Agora, os portões do inferno estavam há apenas um minuto de distância.

— Beth, eu não posso arriscar — escutei o murmúrio choroso de Clarisse ao meu lado. De modo repentino, ela soltou a minha mão e parou de correr. Confusa, estava prestes a me virar para trás e arrastar a Corvus pela mão.

Assim teria sido, se o machado não fosse cravado em minhas costas. Entrei em choque pelo ataque surpresa e estremeci quando a lâmina deslizou para fora da minha pele, cambaleando para o lado. Fui ao encontro do solo por conta do segundo ataque, escutando Clarisse soltar um grito doloroso pelo que estava fazendo contra mim. Quando a confusão começou a se dissipar, percebi o quanto de sangue eu estava perdendo. Muito sangue. Não me sentia anestesiada, gritava por conta da dor que dominava todo o meu corpo. Chorando, olhei por cima do meu ombro e visualizei Clarisse com o machado ensanguentado em suas mãos.

Clarisse estava me matando? Por qual razão?

— Desculpa. Desculpa. Desculpa.

Ela repetiu por diversas vezes, então desferiu o terceiro ataque.

Entretanto, eu não me permitiria morrer pelas mãos de alguém a quem havia confiado desde o início. Eu queria sobreviver. Por isso, apesar da perda constante de sangue, tentei me arrastar na direção dos portões próximos. A reação de Clarisse foi soltar o machado e me segurar pelos calcanhares, levando-me de volta para o coração do bosque escuro. Ela sabia que eu não desistiria.

Os portões agora pareciam mais distantes do que nunca.

Não conseguia implorar para que Clarisse me libertasse, fazendo uso dos meus recursos finais de energia para tentar segurar nas árvores pelo caminho. Até tentei cravar as unhas na terra molhada, mas de nada adiantou, afinal eu estava fraca. Ambas chorávamos como crianças, porém em posições totalmente diferentes naquele combate. Ela não era a vítima, mas chorava como se fosse. Estava incerta sobre a escolha que estava fazendo naquela noite. Eu não entendia. Como a garota que havia me beijado agora estava disposta a me matar?

— É pela minha família, Beth. Sempre foi por eles — revelou a garota em meio a sua crise de choro. Sim, ela realmente não queria me machucar, mas estava fazendo mesmo assim. — *Minha* família.

Em meio aos momentos finais, eu sonhava em voltar para casa.

Eu estava quase morta quando Clarisse jogou o meu corpo para o interior de um buraco escuro, onde cerca de uma dezena de zumbis estavam presos. Eles me atacaram quase imediatamente, usando suas garras para arrancar pedaços da minha carne. Não fechei os olhos enquanto encarava Clarisse na beira da cova, ela precisava saber que eu a assombraria até o fim dos seus dias. Não importava o quanto parecesse arrependida, ainda assim escolheu me matar. Era tarde demais as coisas voltarem a ser como eram antes, e principalmente, tarde para promessas românticas ou juras de um futuro.

Enquanto meus gritos eram abafados pelos sons dos trovões, meus últimos pensamentos não foram destinados a Clarisse. Eles estavam em Blake, que agora teria de enfrentar um mundo injusto completamente sozinho. Um mundo sem a pessoa que seria capaz de morrer para o ver sorrir mais uma vez. Um mundo em que você às vezes é traído pelas pessoas as quais considera como família.

Desculpa, Blake. Eu queria ter voltado para casa.

PARTE 5
FINALE

"Vagabunda!"
— Claremont, Faye. 06 de junho de 2006.

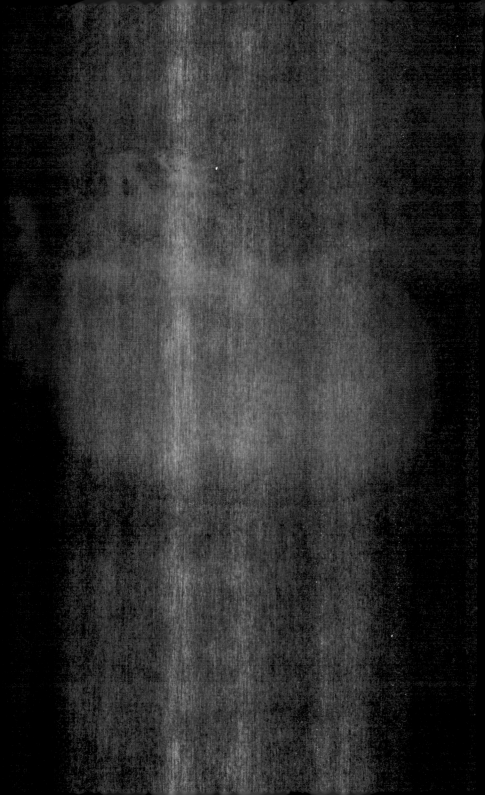

CLARISSE CORVUS

Vamos ser honestos, eu menti sobre algumas coisas.

Por onde eu começo? Não foram seis anos desde a última vez em que eu havia pisado na mansão. Na verdade, as minhas visitas estavam sendo frequentes após o meu último aniversário, quase todo fim de semana durante o período de um ano. Voltar para casa não havia sido sugestão minha, claro, era uma recomendação da minha própria avó materna. Vovó disse em alto e bom som: "A melhor forma de superar o passado é ter a coragem de encará-lo de frente". Eu segui o conselho, retornei aos corredores assombrados pela minha família morta.

Nenhuma de nós duas poderia prever que o meu retorno para a biblioteca da casa seria marcado pelo reencontro com *Necroterium*, o livro que minha mãe lutou para manter longe de mim. Não que, mesmo após horas de tradução dos feitiços, eu acreditasse que o sobrenatural realmente existia. Por essa razão, curiosa, decidi que seria uma boa ideia testar os feitiços de alcance menor. Para minha surpresa, quando consegui reviver um esquilo morto, descobri que toda a magia descrita naquele livro era real. Meses mais tarde, também foi descoberto que o livro havia sido repassado pelas mãos de cada uma das minhas ancestrais, sendo Bárbara Corvus quem melhor se aprofundou nas escrituras – e até fez uso de um dos feitiços para provocar os suicídios da cidade, já que esse era o trato para que Satã parasse de matar a nossa família. Nenhuma de nós era uma heroína.

Com a certeza de que os rituais eram reais, restou-me encontrar o feitiço correto para trazer meus pais e irmãos de volta ao mundo dos vivos. Eu encontrei um ideal, mas também havia um preço: sacrificar as pessoas as quais eu amava. Dallas, Ash, Faye e Kincaid. Por muito tempo, me neguei a aceitar aquele preço. Entretanto, a cada fim de semana na mansão ou estudando as páginas do livro dos mortos, a minha conexão transformava-se em uma obsessão pela minha família morta. Cheguei ao ponto de acreditar que a dor sentida por mim durante aquela década chegaria ao fim quando eu pudesse abraçar os meus pais e irmãos novamente.

O meu aniversário surgiu como a oportunidade perfeita para trazer o máximo de pessoas para a mansão, incluindo os meus amigos. Não foi difícil resistir aos gritos que vieram do exterior quando terminei de recitar a maldição e escondia a chave do porão para evitar suspeitas do meu desaparecimento, claro, eram mortes necessárias para garantir o sacrifício dos membros do Clube do Corvo. Contudo, repensei as minhas decisões durante a execução de Dallas. Era como se, por poucos instantes antes de afundar o machado contra o crânio do meu amigo, retomasse o controle dos meus próprios pensamentos e entendesse que aquela não era a melhor maneira de ter minha família de volta. Não, era a única maneira. Depois que ele morreu, novamente pensei em desistir do plano. Mas você, Bethany, ajoelhou perto de mim e disse o seguinte: *Sacrifique o que for necessário por aqueles que você ama.*

Em um piscar de olhos, entendi que as minhas motivações estavam corretas.

Era necessário que vocês morressem para ressuscitar a minha família.

Continuando, confesso que entrei em pânico quando vocês chegaram próximos de identificar o meu envolvimento no ritual do porão, por isso, usei o resquício de magia que corria em minhas veias para trazer de volta a energia da mansão. Funcionou, logo vocês estavam preocupados demais em sobreviver para que Faye pudesse raciocinar e tirar a minha máscara na frente de todos. Contudo, confesso que uma faísca de paixão acendeu em mim, Baker, enquanto você lutava com unhas e dentes para me proteger. Eu realmente cogitei fugir com você pelo portão da mansão. Infelizmente, não poderia arriscar que conseguíssemos encontrar ajuda antes que Ash e os gêmeos estivessem mortos.

Você foi um efeito colateral. Típico caso de lugar errado, hora errada.

Estar na beirada da cova e observar você morrer me trouxe a realidade da culpa, talvez eu fosse um monstro que sugava e matava tudo de bom que havia em minha vida. Uma garota com tanto medo de estar sozinha, que matou todos que estavam ao seu redor. Irônico.

Novamente, cogitei desistir de prosseguir com o ritual.

Não, não... Eu estava muito perto para desistir, Bethany.

Com absoluta certeza de que eu estava disposta a machucar qualquer um pela oportunidade de abraçar os meus pais novamente, retornei pelo caminho até o ponto em que nosso confronto se iniciou. Enquanto a chuva lavou o sangue em meu corpo, recuperei o machado e encarei o meu próprio reflexo na lâmina. Toda aquela noite era como um filme de terror e, levando isso em consideração, talvez eu nunca fui verdadeiramente a protagonista. Eu era a vilã que arrastava o machado em direção ao cemitério da família, pronta para matar as suas últimas vítimas.

Para mim, seria matar ou morrer tentando.

No final, era assim que acabava para todos nós.

ASH MORGUE

Fechei a porta da escotilha por garantia, mesmo sem ter a certeza se os mortos conseguiriam ou não escalar as escadas até o topo. Logo, me ajoelhei na frente da Faye, que se recusava a abaixar o revólver. Não conseguia cessar o próprio choro e entrava num ataque de pânico provocado pelo ato de disparar contra a teste de Kincaid, seu irmão, minutos antes. Em primeiro momento, ela ainda não conseguia enxergar como havia o libertado de um sofrimento maior, pensando que era uma assassina e como matou a pessoa que mais amava na face da terra.

Apesar de suas expressões transmitirem a dor que estava guardando em seu peito, Faye se recusava a gritar ou chorar alto. Ela cravou as unhas na terra como maneira de se conter, ciente de que qualquer som poderia chamar a atenção dos mortos. Ainda que sofrendo a pior das dores que um ser humano pode vivenciar, tentava ser forte para me manter em segurança.

— Ei, ei. Eu estou aqui com você, escutou? — sussurrei para Faye, tocando gentilmente em seu rosto com ambas as mãos para direcionar o olhar dela de encontro ao meu. Seria pior se ela encarasse os monstros ou a escuridão à nossa volta. Ela precisava manter seu olhar somente em mim. — Você não está sozinha.

— Eu não consigo... eu não... — ela não conseguia completar a frase, mas me puxou de encontro aos seus braços. Sentindo-se mais segura, permitiu que o choro viesse com mais força e agarrou a minha camisa. Faye me apertava como se não houvesse um amanhã, como se pressentisse que não existiria um final feliz para nós dois. — Ash, dói muito.

— Eu entendo você. Dói demais — continuei a segurando firme, precisava ser a âncora dela naquele momento. Entretanto, por mais que estivéssemos conversando em tom baixo, os mortos nas proximidades haviam notado a nossa presença. Faye merecia ter o tempo para processar o luto, mas, infelizmente, nosso tempo estava acabando. — Eu me odeio por estar dizendo isso, mas eu preciso que você segure as pontas mais um pouquinho, está bem? Preciso que você esteja comigo para sairmos dessa. Quando isso tudo acabar, eu e você voltaremos aqui para buscar o Kincaid. Você e sua família terão uma despedida digna, eu prometo.

— Eu não quero dizer adeus para ele!

— Eu sei, eu sei. Eu também não quero dizer.

Mas nós teríamos de dizer adeus, se quiséssemos sobreviver.

— Faye, você confia em mim?

— Confio. Você sabe que confio.

Ajeitei novamente a alça da guitarra em meu corpo e corri com Faye pelo cemitério, segurando firmemente sua mão direita. Os mortos pareciam achar uma maneira de se multiplicar pelo caminho, assim como os corvos se acumulavam nos telhados dos mausoléus e nos galhos das árvores, crocitando para que as criaturas pudessem nos localizar facilmente. Por isso, precisei agir rápido para não sermos cercados. Buscamos esconderijo no mausoléu mais silencioso e aparentemente seguro que encontramos: o dos pais e irmãos de Clarisse.

Ao acendermos a única lâmpada do ambiente, nos foi revelado o motivo para que nenhum som estivesse sendo emitido do mausoléu: os mortos ali dentro não haviam sido ressuscitados, ainda perfeitamente deitados em seus caixões abertos. O mais estranho é que nenhum deles mostrava qualquer sinal de decomposição, pelo contrário, a cada segundo se assemelhavam mais com pessoas vivas. Era como se estivessem dormindo e alguém os organizasse daquela maneira para que estivessem confortáveis até o momento de despertar. Entretanto, a parte mais confusa de todo aquele cenário era como os mortos estavam com os braços cruzados sobre o peito e cada um segurava uma fotografia de um dos membros do Clube do Corvo.

August. Penelope. Peter. Clarke.

Dallas. Faye. Kincaid. Eu.

— Vagabunda! — Faye bradou raivosa, novamente em prantos.

— Quem? Eu?

— Não, Ash! Não é você! — Faye aproximou-se cuidadosamente do corpo de Penelope, agarrando sua fotografia dos braços da mulher morta. Logo, amassou a fotografia e jogou no chão. se aproximou de Penelope, segurando sua bela foto em mãos como se houvesse encontrado seu próprio pôster de "procurada pelo FBI". —Você ainda não está conseguindo entender? É culpa da Clarisse. Eu estava certa o tempo todo!

— Explique melhor, por favorzinho — eu ainda estava confuso e não conseguia acompanhar o raciocínio da líder de torcida. Abruptamente, Faye se aproximou de mim e arrancou o livro dos mortos de dentro da minha calça. Com *Necroterium* em mãos, ela não demorou mais que quatro segundos para localizar a página da maldição.

— O objetivo da maldição não tinha haver com as amarras ao presente, e sim sobre o levantar dos receptáculos. Nós somos as amarras, Ash! Somos a família que prendeu Clarisse no presente esse tempo todo, por isso ela precisa nos sacrificar para trazer de volta os receptáculos: os Corvus — no momento em que o quebra-cabeça começou a fazer sentido, lágrimas desceram pelo meu rosto. Como era possível que a garota que considerava como irmã estivesse matando nossos amigos? — Os mortos do cemitério foram invocados por ela, pois, assim, depois que estivéssemos mortos e a meia-noite chegasse, a família dela poderia retornar ao mundo dos vivos. Clarisse quer nos matar.

— Não, não...

— Eu sei que parece loucura.

— Sim, é uma loucura. Mas faz sentido.

— É, eu sei que faz sentido.

— E como vamos fazer para não sermos mortos, Faye?

— Sobrevivemos até a meia noite.

Segundo o relógio no meu pulso, faltavam exatamente onze minutos para o fim da maldição.

Esperar teria sido extremamente fácil se não fosse pela chegada de Clarisse Corvus, que moveu a porta de entrada e entrou para dentro do mausoléu. Como ela nos encontrou? Acredito fielmente que os corvos haviam revelado nossa localização, como se a conexão mágica entre ela e o livro estivesse se fortalecendo ao decorrer da noite. *Bruxa*. Uma bruxa que não nos mataria com feitiços, levando em conta que estava carregando um machado em suas mãos. Entretanto, era notável no rosto de Clarisse o quanto aqueles sacrifícios estavam a ferindo, mas claro, não seria isso que a impediria de finalizar aquele maldito ritual.

Faye entregou o livro para mim e se colocou à minha frente, pronta para disparar contra a nossa amiga se fosse para me salvar. Sem nenhum medo, ela questionou:

— Onde está a Beth, Clarisse?

A Corvus se manteve em silêncio, não foi necessária uma resposta.

— Onde está o Kincaid, Faye? — Clarisse rebateu a pergunta. — Imagino que morto.

— Vagabunda! — Faye bradou. — Como você teve a coragem de machucar os nossos amigos!? Nós estivemos ao seu lado todos esses anos, como uma família. Éramos capazes de morrer se fosse para manter você segura, porra! — O choro da líder de torcida era constante, mas não capaz de a fazer estremecer com a arma em mãos. Ela estava irritada, indignada pela traição de alguém que dizia nos amar. —Você é um monstro.

Clarisse continuou sem falar nada, não havia em sua expressão nenhum temor por estar diante da mira de um revólver. Ela planejava nos atacar, eu tinha certeza disso. Apenas não entendia toda a calmaria diante do tempo para completar o ritual se esgotando.

— Seja sincera comigo, Faye: depois de tudo isso, você não seria capaz de fazer qualquer coisa para trazer seu irmão de volta? Não seria capaz de machucar qualquer pessoa apenas para conseguir um último abraço do Kincaid?

— Clarisse queria nos manipular. Ciente de como eu a considerava muito, desviou seu olhar para mim e esticou uma das mãos, com seu olhar implorando para que a entregasse *Necroterium*. Por Faye, eu não me permitiria ser manipulada. — Eu *quero* ser feliz. Eu *preciso* do livro.

— E eu *preciso* que você morra — sem hesitação, Faye disparou um tiro contra Clarisse.

Em um piscar de olhos, Clarisse foi arremessada contra a porta do mausoléu e berrou dolorosamente por conta do ferimento em seu tórax. Como contra-ataque, o gritou ressuscitou o pai da Corvus para saltar do caixão e atacar Faye, impedindo-a de disparar contra a cabeça da assassina. O monstro me jogou para o lado e focou sua atenção em cravar os dentes no braço da Claremont, que, por conta do combate físico, deixou a arma cair sobre os próprios pés.

—Ash, corre! Corre! — Faye gritava para mim, enquanto lutava corpo a corpo contra August Corvus. Ciente de que eu não poderia escapar sem ao menos dar uma vantagem para a garota, tomei a atitude de abraçar *Necroterium* e me jogar contra os dois, levando todos nós para uma queda contra o piso de concreto. Com minha parceira conseguindo tempo hábil para recuperar a arma de fogo, decidi obedecer às suas ordens e correr para fora do mausoléu. Se Clarisse colocasse as mãos no livro, talvez conseguisse encontrar um modo de estender a maldição até estarmos todos mortos.

Infelizmente, Clarisse estava caída próxima a minha saída e tive a oportunidade de agarrar os meus tornozelos com ambas as mãos. Desabei novamente em direção ao concreto, gritando pelo meu braço ter sido prensado pelo peso do meu próprio corpo. Ao menos a minha ex melhor amiga não conseguia empunhar corretamente o machado, sendo forçada a usar as mãos para agarrar a guitarra presa ao meu corpo e me impedir de escapar para o cemitério.

Naquele momento, eu precisei fazer um grande sacrifício: abandonar a guitarra.

Liberto da alça que me mantinha preso, consegui desferir um chute contra o rosto da Corvus e me arrastar porta a fora. Comecei a correr em meio a tempestade, segurando *Necroterium* como um bebê, empurrando todo e qualquer morto que entrasse em meu caminho. Nem pensava muito sobre como era doloroso ter sido traído por uma amiga, já que a minha maior preocupação era como poderia salvar Faye depois de ter sido mordida pelo Corvus. Torcia para que, se eu continuasse correndo como se não houvesse um amanhã, o ritual chegaria ao fim e a Claremont não passaria pela transformação.

Todavia, Clarisse Corvus não parecia disposta a desistir. Após sair do mausoléu, fechou a porta atrás de si e deixou com que sua família morta continuasse atacando Faye. Agora, o seu olhar assassino estava totalmente focado em mim, fazendo uso dos mortos sob o seu comando para continuarem me impedindo de ganhar vantagem na corrida. Sem ninguém para a impedir de alcançar o seu objetivo, Clarisse me perseguiu pelo cemitério, arrastando o machado pelo caminho.

O fim estava chegando para um de nós dois.

FAYE CLAREMONT

elo sacrifício do meu irmão, eu me recusava a morrer naquele mausoléu.

Mantive isso em mente quando não consegui impedir que Clarisse perseguisse Ash, por conta do monstro ter agarrado a minha cintura antes que eu tivesse a chance. Ele me arremessou violentamente contra a parede de concreto do mausoléu, repetindo novamente o clichê da arma escapando dos meus dedos e caindo há poucos metros de distância. O braço que sangrava me impedir de segurar o revólver com firmeza, mas eu sabia como precisava dela se quisesse sobreviver

Não houve oportunidade para que eu me rastejasse até o objeto caído, pois logo fui arrastada pelas mãos grotescas do pai de Clarisse. O meu sangue deixou um rastro de sangue pelo concreto, enquanto as unhas do homem morto foram cravadas em minhas panturrilhas. Um grito de dor me trouxe o ódio necessário para que eu desferisse dois chutes contra o rosto da criatura, finalmente conseguindo voltar a ficar de pé e levantar o dedo médio. Ele também soltou um grito de raiva, o que me fez entender que eu precisaria pensar rápido.

Antes que o morto pudesse correr e esticar suas garras em minha direção, derrubei o caixão que guardava o corpo de sua esposa. Ele desabou sobre os próprios joelhos, chorando compulsivamente enquanto segurava a mulher morta em seus braços.

— *Você precisa me desculpar, Penny...* — sussurrava em tom misto de dor e ressentimento. — *Desculpa, meu grande amor. Eu acabei com a nossa história. Perdão. Perdão. Perdão.*

August Corvus apenas desviou o olhar da esposa quando me notou parada à sua frente, empunhando o revólver contra sua testa. Admito que resisti à vontade de pronunciar uma frase de efeito e disparei duas vezes contra a cabeça do Corvus, acabando com sua raça. Ele desabou para trás, carregando consigo o corpo de sua esposa. Bem, para garantir que ele jamais retornaria ao mundo dos vivos, usei a guitarra de Ash para esmagar o crânio do pai de Clarisse. Continuei até que ele estivesse irreconhecível.

Eu estava exausta, mas assim que escutei um dos irmãos de Clarisse soltar um grunhido, reuni todas as forças restantes para acabar com o restante da família. Poucos minutos antes da meia noite, também esmaguei os crânios dos três, garantindo assim que todo o plano criado por Clarisse tinha sido em vão. Confesso que jamais sentirei a mesma satisfação de quando destruí cada uma das pessoas que ela dizia amar, e mesmo que, eu me transformasse em um dos mortos e Ash fosse assassinado, ainda assim aquela assassina jamais abraçaria a família novamente.

Após o extermínio dos Corvus, lutei contra todos os sinais de infecção e decidi que deveria sair do mausoléu. Então, caminhando pela chuva intensa, busquei seguir a trilha para a mansão. Mesmo sem mais munição no revólver, eu estava armada com a guitarra do meu futuro namorado e acabaria com qualquer cadáver que entrasse no meu caminho até Ash.

Nenhuma criatura poderia impedir a morte de Clarisse Corvus.

Eu vingaria meu irmão.

ASH MORGUE

Eu sentia que Clarisse estava se aproximando de mim, mesmo sem olhar para trás.

Por isso, continuei correndo cada vez mais depressa até chegar ao amontoado de carros estacionados na frente da mansão. Como havia alguns mortos na área, usei os carros para me camuflar e continuar seguindo em frente, procurando qualquer veículo que ainda estivesse com as chaves na ignição. Os veículos me faziam pensar em cada colega e amigo perdido, e como, naquela altura do campeonato, Faye e eu éramos os últimos com vida. Todos estavam mortos. Mesmo se nós dois sobrevivêssemos, como iríamos superar todas as dores e traumas daquela noite? Espera, essa era uma preocupação que eu deveria ter apenas quando tudo chegasse ao fim. E para chegar ao fim ainda vivo, tudo o que eu precisava era um pouquinho de sorte.

Infelizmente, sorte não existe no meu vocabulário.

Um morto escondido embaixo de um dos veículos agarrou o meu tornozelo, acarretando em uma queda dolorosa na direção da grama. Craig, o cabeludinho da turma de artes, emitiu aquele gemido/grito vitorioso pela refeição e jogou seu corpo magricela para cima de mim. Ele apenas não contava com o quanto eu já estava puto da vida, o que me motivou a impulsionar os nossos corpos para o lado e inverter a situação. Sem aviso prévio ou chance para que ele escapasse debaixo de mim, usei *Necroterium* como arma para esmagar o crânio do rapaz. O sangue do mesmo sujava a capa de couro do couro, mas nenhum dos respingos manchava as páginas. O livro era indestrutível.

Após finalizar com Craig, segurei um grito vitorioso, pois a sorte finalmente sorriu para mim. Talvez você se pergunte: "Ei, Ash, como a sorte sorriu para mim?". E eu explico que, durante o meu ataque de ódio contra o artista, os meus olhos encontraram as chaves de um carro camuflado no meio da lama. Após segurar o molho de chaves em minha mão, constatei pelo chaveiro com o símbolo da NASA, que pertenciam ao primeiro e único Kincaid Claremont. Sem mais delongas, corri na direção da caminhonete vermelha, pouco me importando com a janela do motorista quebrada.

Joguei o meu corpo para dentro do veículo e imediatamente levei a chave correta para a ignição, usando cada segundo de vantagem para não ser notado pelos mortos. Porém, entrei em pânico quando girei a chave, pois "*Home Sweet Home*" de Mötley Crüe tocava no rádio do carro – e, pior, no último volume possível. Não houve tempo hábil para desligar a música, já que Clarisse Corvus destruiu a janela do carona com o machado e jogou seu corpo para dentro da caminhonete. Rapidamente se jogou contra mim, numa tentativa de arrancar *Necroterium* das minhas mãos.

Em meio ao confronto físico, o meu pé seguia afundado no acelerador e mantinha a caminhonete em movimento na direção das árvores. Percebendo a colisão iminente, Clarisse tentou roubar o controle do volante e desviou o veículo para outra direção. Seguimos em alta velocidade na direção do lago Mercy, desatentos por conta dos ataques um contra o outro. Em questão de segundos, a caminhonete passou por cima do píer de madeira e deu um salto suicida para o interior do lago.

As janelas quebradas facilitaram para que as águas negras invadissem totalmente a caminhonete, enquanto afundavam em direção ao fundo do lago. Por ironia do destino, aquele pesadelo iria acabar exatamente onde começou uma década antes.

Just one more night and I'm comin' off this long and winding road.

CLARISSE CORVUS

onight, tonight I'm on my way... I'm on my way... Home sweet home.

Era como se eu estivesse de volta em 1996.

O *déjà vu* perfeito da água invadindo cada centímetro do interior do carro, enquanto as duas pessoas no banco frontal estavam em um combate físico. Assim como minha mãe havia lutado contra alguém que amava para salvar a mim e aos meus irmãos, eu também lutava pela salvação de toda a minha família. Entretanto, para que eu conseguisse, Ash Morgue precisava morrer. Por isso, por mais que eu amasse aquele garoto, eu sabia o que precisava ser feito.

— Clarisse... — Ash tentou dizer algo antes que a caminhonete afundasse totalmente, roubando de nós tanto o oxigênio quanto a possibilidade de uma despedida. Apesar da dificuldade em enxergar por conta do escuro, não permiti que o desespero tomasse conta de mim, afinal eu sabia que precisava ser rápida para não acabar morta no fundo Lago Mercy.

My heart's like an open book for the whole world to read.

Diferente de mim, Morgue entrou em desespero quando submerso. Tirei proveito desse momento de distração para atacá-lo com um dos cacos de vidro, desferindo uma série de cortes em seu braço com a intenção de que ele soltasse o livro. Entretanto, antes que eu conseguisse cravar o objeto afiado em sua pele, o garoto de cabelos azulados usou o livro para atingir o meu nariz.

Ainda desorientada, porém motivada pelo puro ódio, tentei subir em cima do colo do garoto assustado e desferi ataques contra seu torso. Não me importava se o garoto estava com dor, continuaria machucando-o até que soltasse o *meu* livro. Para o infortúnio de ambos, o vidro acabou preso no ombro de Ash, impossibilitando-me de desferir o ataque final contra o seu pescoço. Sem outra escolha, tentei agarrar o machado jogado no banco do carona.

Ash percebeu qual seria a minha próxima e foi rápido ao bater a minha cabeça contra a porta do lado do motorista, e não bastando isso, ainda afundou o dedo indicador no meu ferimento de bala. Assim, conseguiu escapar por debaixo de mim e chegar ao banco do carona. Por alguma razão, ele não agarrou o machado ou tentou fugir pela janela quebrada. Não, ele simplesmente jogou *Necroterium* na minha direção.

Quando o livro chegou em minhas mãos, notei tarde demais que era uma distração, que Ash jamais permitiria que eu renovasse o período de duração da maldição. Sem aviso prévio ou chance de retaliação, o meu melhor amigo retirou sua caneta de composição do bolso traseiro e cravou-a em meu pescoço. Entrei em estado de choque, abraçada com o livro. Senti todas as forças se esvaindo quando Ash atacou mais uma vez, desferindo o segundo golpe ao cravar a caneta na minha jugular. De repente, tudo o que eu enxergava era sangue.

Sangue foi tudo que eu enxerguei desde o início daquela noite.

Ciente de que eu iria morrer da mesma forma que a minha família, encontrei certo conforto ao manter meu olhar uma última vez naquele que um dia considerei como irmão. Eu me sentia coberta por terrores e traumas, pronta para uma descida para o inferno. Minhas últimas conclusões, antes que meus olhos fossem fechados, foram que o meu ciclo de dor e sofrimento viveria para sempre nas mentes de Ash e Faye. Mesmo que a maldição morresse nos braços da última dos Corvus, o ciclo de horror seria eterno.

Lar, doce lar.

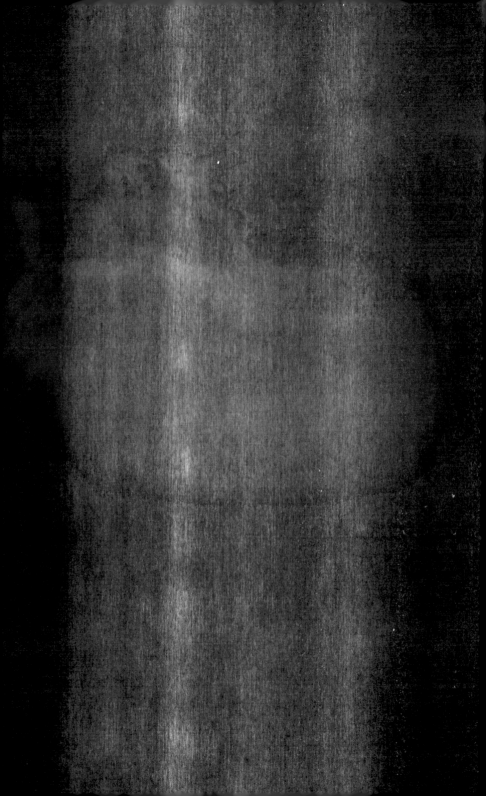

ASH MORGUE

Por anos da minha vida, sempre me pareceu correto que nos finais de filmes de terror, o herói conseguisse matar o grande vilão. Contudo, eu não me sentia o herói da história, entende? Eu me sentia como o garoto que assassinou a melhor-amiga para conseguir sobreviver. Aquele era um adeus. Não apenas para Clarisse Corvus, mas para a pessoa que Ash Morgue havia sido um dia. Nada na minha vida depois dos créditos finais voltaria a ser como antes.

Assim como a Corvus precisou fazer uma década antes, também usei as minhas últimas forças para nadar até a superfície. Enfrentei toda a escuridão e as memórias para chegar às margens do lago Mercy, local onde desatei num choro mais agonizante de toda a minha vida. Estar vivo também era doloroso, afinal de contas. Doloroso por ter perdido todos os meus amigos. Doloroso por ter matado alguém. Doloroso por precisar viver com aquilo para sempre.

Sobreviver apenas valeu quando eu a vi descendo a estrada de terra, carregando a guitarra em seu ombro e correndo o máximo que conseguia para chegar ao meu encontro.

Faye. Estar vivo para poder abraçar aquela garota mais uma vez fez tudo valer a pena. Claro, eu ainda não entendia como era possível que ela estivesse viva após ser mordida por um dos mortos. Mas era óbvio: com o chegar da meia-noite, a maldição havia se encerrado, e como não houve tempo hábil para Faye se transformar ou mostrar sinais de infecção, ela nunca se tornou um deles. Diferente dela, os cadáveres originais e os zumbificados não tiveram a mesma sorte, seguindo para seus locais de descanso eterno nos túmulos, mausoléus e até covas suspeitas no meio do bosque.

O melhor momento da minha vida foi quando Faye finalmente se jogou contra os meus braços, unindo os nossos corpos doloridos em busca de conforto. Ela imediatamente me beijou intensamente, segurando o meu rosto, como se precisasse confirmar que eu realmente estava vivo. Ao receber sua tão aguardada resposta, Claremont abriu um sorriso aliviado em meio ao choro. Nem nos importamos com os corvos voando sobre as nossas cabeças, mantivemos nossos olhares fixos um no outro.

—Vamos embora? — questionei em tom choroso, quase como uma criança que cansou de brincar no parquinho e precisa que os pais a levem de volta para casa.

Faye balançou a cabeça negativamente, segurando a minha guitarra como um taco de beisebol.

— Ainda não — respondeu. —Vamos sentar um pouquinho e esperar para garantir que a Clarisse está morta. Se ela não estiver, eu vou usar a guitarra para dar uma surra naquela otária.

— Me parece uma resposta justa — acabei concordando com Faye, encontrando um lugar confortável para sentar nas margens do lago. Era macabro pensar na possibilidade de uma Corvus zumbificada saindo das águas escuras, carregando o livro maldito em seus braços e retornando para um confronto final. Essa visão me assombrou por anos.

Nos créditos finais do nosso filme de terror, Faye deitou a cabeça no meu ombro que não estava perfurado e manteve seu olhar assíduo no lugar de descanso eterno de Clarisse. Finalmente, segurei a mão da Claremont, sem que as nossas vidas estivessem correndo perigo.

— Ash, sua avó vai te matar quando ver o estado das suas roupas.

— Tudo bem. Eu não tenho medo de nada.

Claro, não haveria o que temer desde que nenhum Corvus ou algum livro dos mortos retornassem para assombrar nossas vidas. Por enquanto, esse é o fim da nossa história de terror.

FIM.

EPÍLOGO

Ash Morgue e Faye Morgue eram muito jovens em seu primeiro encontro com a morte. Mas tudo certo, espero que ao menos esse ciclo infinito de melancolia e traumas tenha entretido essa sua mente mórbida. Em sua posição de superioridade como leitor, talvez culpe unicamente a garota atormentada por seus atos hediondos contra os próprios amigos e conhecidos. Todavia, gostaria que você levasse em conta que Corvus Creek é uma cidade amaldiçoada por criaturas da noite desde a sua fundação. Você realmente acredita que a Mansão Corvus é o único local assombrado da cidade? Se sim, você é um pobre iludido.

Na verdade, vamos esquecer um pouco sobre os terrores passados ou futuros. Vamos focar no terror que está acontecendo agora. Morgue e Claremont, sentados lado a lado nas margens do lago Mercy, assombrados pelas próprias paranoias. Duas crianças que não perderam apenas família e amigos, mas também a sua própria inocência durante aquela noite de terror. Nada jamais voltaria a ser como antes.

Também devemos lembrar de Clarisse, a garota que sacrificou todas as coisas boas em sua vida com a crença de que o livro amaldiçoado honraria o acordo feito durante o ritual. *Necroterium é mentiroso.* Todavia, talvez aqueça seu coração saber que a garota Corvus encontra-se muito mais feliz após a morte do que esteve em vida. Se pensarmos bem, até ela encontrou o seu final feliz. Sem dor ou traumas, vagando pelo vale da morte.

Declaro aqui as minhas condolências para as 121 famílias que nunca tiveram a chance de abraçar os filhos uma última vez, com menção especial aos Fox, Baker e Claremont. Claro, aqueles que nunca retornaram para casa jamais serão esquecidos pela cidade, sempre serão lembrados como as vítimas de um trágico massacre. Já os familiares devem encontrar um modo de viver sem uma resposta concreta para a morte de suas crianças, infelizmente. Em alguns casos, talvez seja melhor nunca descobrir a verdade.

Estou errado em dizer isso?

Claro que não, eu sou o narrador.

Para os entusiastas por finais felizes, sintam-se contentes, a Corvus nunca retornou das profundezas do lago para um último susto. Ao invés disso, fomos agraciados pela luz do amanhecer que cobria a cidade e a floresta com aquela boa e velha sensação de segurança. Ah, falando em segurança, as viaturas policiais também seguiram em direção a mansão assombrada. Os nossos protagonistas restantes ainda ficaram sentados por um bom tempo, permitindo que suas mentes vagassem para algum lugar melhor. Qual ilusão se passava na mente dos dois pombinhos? Uma realidade fantasiosa em que todos os membros do *Clube do Corvo* tiveram um final feliz.

Seis minutos após o amanhecer, juntos, Ash e Faye foram socorridos pelas autoridades e voltaram para casa mais uma vez.

Seis décadas após o amanhecer, casados, Ash e Faye deitaram em sua cama e fecharam os olhos uma última vez.

É assim que termina.

Para saber mais sobre os títulos e autores da
SKULL EDITORA, visite nosso site
e curta as nossas redes sociais.

WWW. SKULLEDITORA.COM.BR

FB.COM/EDITORASKUL

@SKULLEDITORA

SKULLEDITORA@GMAIL.COM

QUER PUBLICAR E NÃO SABE COMO,
ENVIE SEU ORIGINAL PARA:
ORIGINAIS.EDITORASKULL@GMAIL.COM